TRANZLATY

La Langue est pour tout le Monde

语言属于每个人

Les Aventures d'Alice au Pays des Merveilles

爱丽丝梦游仙境

Lewis Carroll

刘易斯·卡罗尔

Français / 普通话

Published by Tranzlaty

ISBN: 978-1-83566-827-6

Original text: Alice's Adventures in Wonderland
by Lewis Carroll (1865)

Abridged by Sam'l Gabriel Sons (1916)

www.tranzlaty.com

Dans le Terrier du Lapin
兔子洞

Alice commençait à être très fatiguée
爱丽丝开始变得非常疲倦
Elle était assise à côté de sa sœur sur le talus d'herbe
她和姐姐一起坐在草地上
Mais elle n'avait rien à faire
但她无事可做
Sa sœur lisait un livre
她的姐姐正在看书
une ou deux fois, Alice jeta un coup d'œil dans le livre
爱丽丝有一两次偷看了这本书
Mais le livre ne contenait ni images ni conversations
但这本书里没有图片或对话
« À quoi sert un livre sans images ? » pensa Alice
　“没有图片的书有什么用呢？”
« Pourquoi un livre n'aurait-il pas de conversations ? »
　“为什么一本书没有对话？”
Mais elle avait d'autres choses à considérer

但她还有其他事情要考虑

« Faire une chaîne de marguerites serait un plaisir »

"制作一串雏菊将是一种乐趣"

« Mais cela vaut-il la peine de se lever et de cueillir les marguerites ?? »

"但是，值得起床摘雏菊吗？？"

Ce n'était pas si facile d'y penser

这可不是那么容易想的

parce que la journée la rendait somnolente et stupide

因为那一天让她感到困倦和愚蠢

Mais soudain, ses pensées s'interrompirent

但突然间，她的思绪被打断了

un lapin blanc aux yeux roses courait près d'elle

一只粉红色眼睛的白兔在她身边跑来跑去

Il n'y avait rien de trop remarquable chez le lapin

这只兔子没有什么特别了不起的

et Alice ne trouvait pas non plus le lapin remarquable

爱丽丝也不觉得这只兔子很了不起

elle ne s'étonna pas non plus quand le Lapin parla

兔子说话时，她也没有感到惊讶

« Oh mon Dieu ! Je serai trop tard ! se dit-il

"噢，天哪！我来不及了！

mais alors le Lapin a fait quelque chose que les lapins n'ont pas fait

但随后兔子做了兔子没有做的事情

le Lapin tira une montre de la poche de son gilet

兔子从背心口袋里掏出一块手表

Il regarda l'heure puis se hâta

他看了看时间，然后匆匆忙忙地继续说

Alice se leva, stupéfaite

爱丽丝惊奇地站了起来

Elle n'avait jamais vu un lapin avec un gilet auparavant !

她以前从来没有见过穿背心的兔子！

elle n'avait jamais vu non plus de lapin avec une montre !

她也从来没有见过带手表的兔子！

Alice brûlait d'une nouvelle curiosité

爱丽丝又燃起了新的好奇心

et elle courut à travers le champ après le Lapin

她追着兔子跑过田野

Elle était juste à temps pour voir le lapin disparaître

她正好看到兔子消失了

Le lapin sauta dans un grand terrier de lapin

兔子跳进了一个大兔子洞

Un instant plus tard, Alice s'est mise à courir après le lapin !

又过了一会儿，爱丽丝追着兔子倒下了！

Le terrier du lapin continuait tout droit comme un tunnel

兔子洞像隧道一样笔直地向前

Et le tunnel a continué à avancer sur une certaine distance

隧道继续延伸了一段距离

Et puis le chemin s'est soudainement incliné

然后小路突然下降了

Alice n'eut pas un instant pour songer à s'arrêter

爱丽丝没有片刻想阻止自己

Elle s'est retrouvée à tomber et à tomber
她发现自己跌倒了，跌倒了，跌倒了
Il semblait qu'elle était tombée dans un puits très profond
她好像掉进了一口很深的井里
Ou le puits était très profond, ou bien elle tombait très lentement
要么井很深，要么她下得很慢
parce qu'elle avait tout le temps de tomber
因为她有足够的时间跌倒
alors qu'elle tombait, elle pouvait regarder tout autour d'elle
当她坠落时，她可以环顾四周
D'abord, elle a essayé de comprendre où elle allait
首先，她试图弄清楚她要去哪里
mais le puits était trop sombre pour voir quoi que ce soit
但井太黑了，什么也看不见
Puis elle regarda les côtés du puits
然后她看了看井的两侧
Et elle remarqua qu'il y avait des placards tout autour d'elle
她注意到她周围到处都是橱柜
et tout autour du puits il y avait des étagères de livres
井周围都是书架
Çà et là, elle voyait des cartes et des tableaux accrochés à des piquets
她到处都能看到钉子上挂着的地图和图片
En passant, elle prit un bocal sur l'une des étagères
她经过时从其中一个架子上取下了一个罐子
Le pot a été étiqueté pour son contenu
这个罐子的内容物被贴上了标签
« MARMELADE D'ORANGES »
"橙子做的果酱"
Mais, à sa grande déception, le pot de marmelade était vide
但是，令她非常失望的是，果酱罐子里是空的
Elle ne voulait pas laisser tomber le pot de marmelade vide
她不想掉下空的果酱罐

et sa chute fut très lente

她的坠落非常缓慢

Elle a donc réussi à mettre le pot de marmelade dans l'un des placards

所以她设法把果酱罐子放进了一个橱柜里

Tombée, descendue, tombée !

她倒下，倒下，倒下！

La chute prendrait-elle fin ?

堕落会结束吗？

Il n'y avait rien d'autre à faire

别无他法

alors Alice commença bientôt à se parler à elle-même

所以爱丽丝很快就开始自言自语了

« Je vais beaucoup manquer à Dinah ce soir, je pense ! »

"我想，黛娜今晚会非常想我！"

Dinah était le chat d'Alice

黛娜是爱丽丝的猫

« J'espère qu'ils se souviendront de sa soucoupe de lait à l'heure du thé »

"我希望他们会记得她在下午茶时间的牛奶碟"

« Dinah, ma chère, je voudrais que tu sois ici avec moi ! »

"黛娜，亲爱的，我真希望你和我在一起！"

Alice sentit qu'elle s'assoupissait

爱丽丝觉得自己在打瞌睡

Et puis soudain, bruit sourd ! bourrade!

然后突然，砰的一声！扑通！

Elle tomba sur un tas de bâtons

她倒在了一堆树枝上

et elle atterrit sur un tas de feuilles sèches

她落在一堆干树叶上

et enfin la longue chute dans le trou était terminée

终于，漫长的坠落结束了

Alice n'était pas du tout blessée

爱丽丝没有受伤

Et elle se leva d'un bond au bout d'un instant
她一下子就跳了起来
Elle leva les yeux, mais il faisait noir au-dessus de sa tête
她抬起头，但头顶上一片漆黑
Devant elle se trouvait un autre long couloir
在她面前是另一条长长的走廊
et le Lapin Blanc était toujours en vue
而白兔还在眼前
Il se hâtait dans le couloir
他正匆匆忙忙地沿着走廊走去
Il n'y avait pas un instant à perdre
没有一刻可以浪费
Alice s'enfuit comme le vent
爱丽丝像风一样跑了
Au coin de la rue, le lapin s'est retourné
拐角处转过了兔子
Elle était juste à temps pour entendre le lapin
她正好听到兔子的声音
« "Oh, mes oreilles et mes moustaches »
“”哦，我的耳朵和胡须”
« Comme il est tard ! »
“多晚啊！”
Elle était tout près derrière le lapin
她紧跟在兔子后面
Elle tourna au détour d'un autre coin
她转过另一个拐角
mais le Lapin n'était plus visible
但兔子已经不见了
Elle se retrouva dans une longue salle basse
她发现自己在一个又长又低的大厅里
La salle était éclairée par une rangée de plafonniers
大厅里有一排吊灯照亮
Il y avait des portes tout autour de la salle
大厅周围都是门

mais toutes les portes étaient fermées à clé
但所有的门都锁上了
Elle marcha tout le long d'un côté de la salle
她一路走到大厅的一侧
et elle avait fait tout le chemin de l'autre côté de la salle
她一路走到大厅的另一边
Elle avait essayé toutes les portes
她尝试了每一扇门
et elle marchait tristement au milieu de la salle
她悲伤地走在大厅中间
« Comment vais-je jamais en sortir ? »
"我怎么能再出去呢？"

Tout à coup, elle tomba sur une petite table
突然，她来到一张小桌子前
La table était entièrement en verre massif
桌子完全由实心玻璃制成
Il n'y avait rien sur la table à part une petite clé dorée
桌子上除了一把小小的金钥匙外什么都没有
La clé pourrait appartenir à l'une des portes !

钥匙可能属于其中一扇门！
Mais, hélas ! Certaines serrures étaient trop grandes pour les clés
但是，唉！有些锁对于钥匙来说太大了
et pour les autres serrures, la clé était trop petite
而其他锁的钥匙太小了
mais, en tout cas, la clef n'ouvrit aucune des portes
但是，无论如何，钥匙没有打开任何一扇门
Mais que devait-elle faire ?
但她该怎么办呢？
Elle traversa de nouveau le couloir
她又穿过了大厅
et cette fois, elle remarqua un rideau bas
这一次，她注意到一个低矮的窗帘
Derrière le rideau se trouvait une petite porte
窗帘后面是一扇小门
La porte avait une quinzaine de pouces de haut
门大约有 15 英寸高
Elle essaya la petite clé dorée dans la serrure
她试了试锁里的小金钥匙
Et à sa grande joie, la clé s'est glissée dans la serrure !
令她非常高兴的是，钥匙了锁里！
Alice ouvrit la porte
爱丽丝打开了门
et elle trouva la porte qui donnait sur un petit couloir
她发现门通向一条小走廊
Le couloir n'était pas beaucoup plus grand qu'un trou à rats
走廊比一个老鼠洞大不了多少
Elle s'agenouilla et regarda le long du couloir
她跪下来，沿着走廊看去
et elle a vu le plus beau jardin que vous ayez jamais vu
她看到了你所见过的最美丽的花园
comme elle avait envie de sortir de cette salle sombre
她多么渴望走出那个黑暗的大厅

comme elle voulait se promener parmi ces fleurs lumineuses
她多么想在那些鲜艳的花朵中徜徉
Comme ces fontaines avaient l'air cool et rafraîchissantes
刷新那些喷泉看起来多么酷
Mais elle ne pouvait même pas passer la tête par la porte
但她甚至无法将头从门口探出
— Oh ! dit Alice d'un ton lugubre
"哦，" 爱丽丝悲哀地说
comme je voudrais pouvoir me plier comme un télescope !
"我多么希望我能像望远镜一样折叠起来！"
« Je pense que je pourrais me plier comme un télescope »
"我觉得我可以像望远镜一样折叠起来"
« Si seulement je savais par où commencer »
"如果我知道如何开始"
Alice retourna à la table
爱丽丝回到桌子旁
Il y avait la chance de trouver une autre clé
有机会找到另一把钥匙
Ou il pourrait y avoir un livre de règles
或者可能有一本规则书
Le livre pourrait lui apprendre à se plier comme un télescope
这本书可以告诉她如何像望远镜一样折叠起来
Cette fois, elle trouva une petite bouteille
这一次她找到了一个小瓶子
« cette bouteille n'était certainement pas là auparavant, » dit
Alice
"这瓶酒以前肯定没出现过，" 爱丽丝说
et autour du goulot de la bouteille était attachée une
étiquette en papier
瓶子的脖子上系着一个纸质标签
L'étiquette était magnifiquement imprimée en grandes
lettres
标签上印着精美的大字
« BOIS-MOI »

"喝我"

« Non, je vais regarder d'abord », a-t-elle dit

"不，我先看看，" 她说

« Je vais voir si la bouteille est marquée comme toxique ou non, »

"我看看瓶子是不是被标记为有毒的。"

Parce qu'elle n'a jamais oublié la leçon sur le poison

因为她从未忘记关于毒药的教训

« Si une bouteille est étiquetée comme toxique, elle est forcément en désaccord avec vous »

"如果一个瓶子被贴上了有毒的标签，它肯定会不同意你的看法"

Cependant, cette bouteille n'a pas été marquée comme toxique

然而，这个瓶子并没有被标记为有毒

alors Alice se hasarda à goûter le contenu de la bouteille

于是爱丽丝冒险尝尝了瓶子里的东西

Elle trouva le liquide tout à fait à son goût

她发现这种液体很合她的胃口

La boisson avait une sorte de saveur mélangée

这种饮料有一种混合的味道

tarte aux cerises, crème pâtissière et ananas

樱桃馅饼、奶油冻和菠萝

Rôtir la dinde, le caramel et le pain grillé au beurre chaud

烤火鸡、太妃糖和热黄油吐司

et elle finit bientôt la bouteille

她很快就喝光了这瓶酒

« Quelle curieuse sensation ! » dit Alice

"多么奇怪的感觉啊！"

« Je me plie comme un télescope ! »

"我像望远镜一样折叠起来！"

Et elle se repliait comme un télescope !

她果然像望远镜一样折叠起来！

Elle n'avait plus que dix pouces de haut

她现在只有十英寸高
et son visage s'éclaira à ses pensées
她的脸因她的思绪而变得明亮起来
Maintenant, elle était de la bonne taille pour la petite porte
现在她的大小正好适合那扇小门
Maintenant, elle pouvait aller dans ce joli jardin
现在她可以走进那个可爱的花园了
Bientôt, elle a cessé de devenir plus petite
很快她就不再变小了
Elle décida d'aller tout de suite dans le jardin
她决定马上进花园
mais, hélas pour la pauvre Alice !
但是，可怜的爱丽丝可惜！
Elle arriva à la porte
她到了门口
Mais elle avait oublié la petite clé d'or
可是她忘了那把小金钥匙
Elle retourna à la table pour prendre la clé
她回到桌子前拿钥匙
Mais elle s'aperçut qu'elle ne pouvait pas atteindre assez haut
但她发现自己够不着
Elle pouvait voir la clé très distinctement à travers la vitre
她可以透过玻璃清楚地看到钥匙
Elle essaya de grimper sur les pieds de la table
她试图爬上桌腿
Mais le verre était beaucoup trop glissant
但玻璃太滑了
Finalement, elle s'est fatiguée à essayer
最终，她尝试了一下，让自己疲惫不堪
et la pauvre petite fille s'assit et pleura
可怜的小女孩坐下来哭泣
Alice se parlait à elle-même assez vivement
爱丽丝对自己说得相当尖锐

« Allons, ça ne sert à rien de pleurer comme ça ! »
"来，这样哭也没用！"

« Je vous conseille d'arrêter tout de suite ! »
"我劝你马上停下来！"

Elle se donnait généralement de très bons conseils
她通常给自己很好的建议

bien qu'elle suivît très rarement ses propres conseils
虽然她很少听从自己的建议

Et elle était parfois trop dure envers elle-même
她有时对自己太苛刻了

et ses paroles lui firent monter les larmes aux yeux
她的话让她热泪盈眶

Bientôt, son regard tomba sur une petite boîte en verre
很快，她的目光落在了一个小玻璃盒上

La petite boîte de verre était posée sous la table
那个小玻璃盒子躺在桌子下面

Dans la boîte en verre se trouvait un tout petit gâteau
玻璃盒里有一个非常小的蛋糕

Sur le gâteau, quelques mots étaient magnifiquement écrits
在蛋糕上，有些文字写得很漂亮

les mots avaient été marqués dans des groseilles
这些字已经用醋栗标记了

« MANGE-MOI »
"吃我"

« Eh bien, je vais manger le gâteau », dit Alice
"好吧，我来吃蛋糕，" 爱丽丝说

« et si le gâteau me fait grossir, je peux atteindre la clé »
"如果蛋糕让我长大，我就能拿到钥匙"

« et si le gâteau me fait rapetisser, je peux me glisser sous la porte »
"如果蛋糕让我变小了，我就可以悄悄地躲进门下。"

« Donc, de toute façon, j'irai dans le jardin »
"所以不管怎样，我都得进花园去。"

« Et peu m'importe lequel des deux arrive ! »
"而且我不在乎这两种情况中哪一种发生！"
Elle a mangé un peu du gâteau
她吃了一点蛋糕
et elle se parla anxieusement à elle-même :
她焦急地对自己说：
« Dans quel sens ? Dans quel sens ?
"哪条路？哪条路？
et elle posa la main sur sa tête
她把手放在头上
Elle voulait sentir de quelle façon elle grandissait
她想感受一下自己正在成长的方向
Elle fut très surprise de découvrir ce qui s'était passé
她很惊讶地发现发生了什么
Elle était restée de la même taille !
她还是一样的大小！
Cette fois, elle redoubla donc d'efforts
所以这一次她加倍努力
Et bientôt, elle termina tout le gâteau
很快她就吃完了整个蛋糕

La mare de larmes
泪池

« Cela devient de plus en plus intéressant ! » s'écria Alice

"这越来越有趣了！"

Vous pouvez voir qu'elle était très surprise

你可以看到她非常惊讶

« Je m'ouvre comme le plus grand télescope qui ait jamais existé ! »

"我像有史以来最大的望远镜一样打开！"

« Au revoir, les pieds ! Oh, mes pauvres petits pieds"

"再见，脚！哦，我可怜的小脚丫"

« Je me demande qui va vous mettre vos chaussures maintenant, mes chères ? »

"我想知道现在谁来为你穿鞋呢，亲爱的？"

et je me demande qui mettra vos bas ?

"我想知道谁来穿你的丝袜呢？"

« Je serai beaucoup trop loin »

"我离得太远了"

« Je ne pourrai plus me soucier de toi »

"我再也不能为你烦恼了"

Juste à ce moment, sa tête heurta quelque chose

就在这时，她的头撞到了什么东西上

Elle avait atteint le toit de la salle

她已经到了大厅的屋顶上

En fait, elle mesurait maintenant plus de deux mètres

事实上，她现在已经有两米多高了

et elle prit aussitôt la petite clef d'or

她立刻拿起了那把小金钥匙

et elle se précipita vers la porte du jardin

她匆匆忙忙地走到花园门口

Pauvre Alice ! Il n'y avait pas grand-chose qu'elle pouvait faire

可怜的爱丽丝！她能做的不多

Elle s'allongea sur le côté
她躺在一边
et elle regarda d'un œil dans le jardin
她用一只眼睛望向花园里
Mais s'en sortir était plus désespéré que jamais
但要通过比以往任何时候都更加绝望
Elle s'est assise et a recommencé à pleurer
她坐下来，又开始哭泣
Elle a continué à verser des litres de larmes
她继续流泪
Bientôt, il y eut une grande flaque tout autour d'elle
很快，她周围就出现了一个大水池
et l'eau atteignait la moitié du couloir
水已经到了大厅的一半
Au bout d'un moment, elle entendit un petit claquement de
pieds
过了一会儿，她听到了一点点脚步声
Elle entendit les pas venir de loin
她听到远处传来的脚步声
et elle s'essuya vivement les yeux pour voir ce qui allait
arriver
她急忙擦干眼睛，看看会发生什么
C'était le retour du Lapin Blanc
是白兔回来了
Il était magnifiquement vêtu
他穿着华丽
Il avait une paire de gants blancs dans une main
他一只手拿着一双白手套
et il avait un grand éventail de plumes dans l'autre main
他的另一只手里拿着一把大羽扇
Il arriva en trottinant en toute hâte
他匆匆忙忙地小跑着来
et il murmura en lui-même : « Oh ! la duchesse, la duchesse !
他喃喃自语道： "哦！公爵夫人，公爵夫人！

« Ah ! ne serait-elle pas sauvage si je l'ai fait attendre !
"哦！如果我让她久等，她岂不是很野蛮吗？

Quand le Lapin s'approcha d'elle, Alice prit la parole
当兔子走近她时，爱丽丝开口了
Mais elle parlait d'une voix basse et timide
但她用低沉而胆怯的声音说话
« Monsieur, s'il vous plaît, arrêtez ce que vous faites un
instant »
"先生，请暂时停止您正在做的事情"
Le Lapin sursauta violemment
兔子猛地吓了一跳
Il laissa tomber les gants blancs et l'éventail de plumes
他丢下了白手套和羽毛扇
et il s'enfuit dans les ténèbres aussi vite qu'il le put
他以最快的速度跑进了黑暗中
Alice ramassa l'éventail en plumes et les gants
爱丽丝拿起羽毛扇和手套
Et elle n'arrêtait pas de s'éventer tout en parlant
她一边说话一边不停地给自己扇风

« Cher, cher ! Comme tout est étrange aujourd'hui !
"亲爱的，亲爱的！今天的一切都多么奇怪啊！

« Hier, les choses se sont passées comme d'habitude »
"昨天一切照常进行"

« Étais-je le même quand je me suis levé ce matin ? »
"我今天早上起床时还是一样吗？"

« Mais si je ne suis pas le même, il y a une autre question »
"但是如果我不一样，还有另一个问题"

« Qui suis-je ? »
"我到底是谁？"

« Ah, c'est le grand casse-tête ! »
"啊，这真是个大谜题！"

En disant cela, elle baissa les yeux sur ses mains
"说这话时，她低头看着自己的手

Elle portait l'un des petits gants blancs du lapin
她戴着一只兔子的小白手套

Elle n'avait pas remarqué qu'elle avait mis le gant en parlant
她没有注意到她在说话时戴上了手套

« Comment ai-je pu faire cela ? » a-t-elle pensé
"我怎么能那样做呢？"

« Je dois redevenir petit »
"我一定又长大了"

Elle se leva et s'approcha de la table pour mesurer sa taille
她站起来，走到桌子前测量自己的身高

Elle a découvert qu'elle mesurait maintenant environ un demi-mètre
她发现自己现在已经有半米左右高了

et elle rétrécissait encore rapidement
她还在迅速地缩小

Elle découvrit rapidement quelle était la cause de ce rétrécissement
她很快就发现了缩小的原因

L'éventail de plumes la rendait encore plus petite !
羽扇又把她弄小了！

et elle laissa tomber l'éventail de plumes à la hâte
她匆匆放下了羽扇
Elle laissa tomber l'éventail de plumes juste à temps pour se
sauver
她及时放下了羽扇，救了自己
Si elle s'était éventée plus longtemps, elle se serait
complètement retirée
如果她再给自己扇风，她就会完全缩起来
« C'était une échappatoire de justesse ! » dit Alice
"那真是一次险些逃脱！"
et elle fut bien effrayée de ce changement soudain
她对这突如其来的变化感到非常害怕
mais elle était très heureuse de se trouver encore en
existence
但她很高兴发现自己还活着
« Et maintenant, en route pour le jardin ! »
"现在，去花园吧！"
Et elle courut à toute vitesse vers la petite porte
"她飞快地跑回那扇小门
Mais, hélas ! La petite porte fut refermée
但是，唉！小门又关上了
et la petite clé d'or était de nouveau posée sur la table de
verre
小金钥匙又躺在玻璃桌上
« Les choses sont pires que jamais », pensa le pauvre enfant
"情况比以前更糟了，"这个可怜的孩子想
« Je n'ai jamais été aussi petit que ça auparavant, jamais ! »
"我以前从来没有这么小过，从来没有！"
En prononçant ces mots, son pied glissa
当她说这些话时，她的脚滑了一下
et un instant plus tard, il y eut une grande éclaboussure !
又过了一会儿，一阵巨大的水花飞溅起来！
Elle était dans l'eau salée jusqu'au menton
她在盐水中一直到下巴
Sa première idée fut qu'elle était tombée d'une manière ou

d'une autre dans la mer
她的第一个想法是她不知怎么掉进了海里
Cependant, elle s'est vite rendu compte dans quoi elle se
trouvait
然而，她很快就意识到了自己的处境
Elle était dans une mare de larmes
她泪流满面
les larmes qu'elle avait versées quand elle avait deux mètres
de haut
她在两米高时流下的眼泪

Juste à ce moment-là, elle entendit quelque chose
就在这时，她听到了什么
Quelque chose barbotait dans la mare
有什么东西在池子里飞溅
Les éclaboussures venaient d'un peu de loin
飞溅的声音来自不远的地方
et elle nagea plus près pour voir ce que c'était que les
éclaboussures
她游近了，想看看溅起的水花是什么

Elle vit bientôt que ce n'était qu'une petite souris
她很快就发现那只是一只小老鼠
La petite souris s'était également glissée dans l'eau
小老鼠也滑进了水里
Alice réfléchit à la situation
爱丽丝心里想着当时的情况
« Serait-il utile de parler à cette souris ? »
"跟这只老鼠说话有什么用吗？"
« Tout est tellement à l'envers ici »
"这里的一切都是如此颠倒"
« Je pense que c'est très probable que cette souris peut
parler »
"我觉得这只老鼠很可能会说话"
« En tout cas, il n'y a pas de mal à essayer »
"无论如何，尝试一下也没什么坏处"
Alors elle a commencé à essayer de parler à la souris
所以她开始尝试与老鼠交谈
« Oh Souris, sais-tu comment sortir de cette mare ? »
"哦，老鼠，你知道这个池子的出路吗？"
« Je suis bien fatigué de nager ici, ô souris ! »
"我在这里游来游去已经很累了，哦，老鼠！"
La souris la regarda d'un air assez inquisiteur
老鼠好奇地看着她
La souris semblait cligner de l'œil avec l'un de ses petits
yeux
老鼠似乎用它的一只小眼睛眨了眨眼
Mais la petite souris ne dit rien
可是小老鼠什么也没说
« Peut-être la souris ne comprend-elle pas l'anglais », pensa
Alice
"也许老鼠不懂英语，" 爱丽丝想
« J'ose dis-le que c'est une souris française »
"我敢说这是一只法国老鼠"
« peut-être que cette souris est venue avec Guillaume le
Conquérant »

"也许这只老鼠是和征服者威廉一起过来的。"
Alors elle a recommencé, en français
于是她又用法语开始了
« Où est mon chat ? » a-t-elle demandé en français
她用法语问道："我的猫在哪里？
c'était la première phrase de son livre de leçons de français
这是她法语课本上的第一句话
La souris fit un saut soudain hors de l'eau
老鼠突然从水里跳了出来
et la souris semblait frémir de frayeur
老鼠似乎吓得浑身颤抖
— Oh ! je vous demande pardon ! s'écria vivement Alice
"噢，我求你原谅！"
Elle craignait d'avoir blessé les sentiments du pauvre animal
她害怕自己伤害了这只可怜的动物的感情
« J'oubliais que tu n'aimais pas les chats »
"我真忘了你不喜欢猫"
« Je n'aime pas les chats ! » cria la Souris d'une voix aiguë et passionnée
"我不喜欢猫！" 老鼠用尖锐而热情的声音喊道
« Voudrais-tu des chats, si tu étais moi ? »
"如果你是我，你想要猫吗？"
Alice réconforta la souris d'un ton apaisant
爱丽丝用安抚的语气安慰老鼠
« Eh bien, peut-être que je n'aimerais pas non plus les chats si j'étais vous »
"嗯，如果我是你，也许我也不喜欢猫"
« S'il vous plaît, ne soyez pas en colère à propos de la mention des chats »
"请不要因为提到猫而生气"
« Et pourtant, j'aimerais pouvoir te montrer notre chat Dinah »
"但我希望我能带你看看我们的猫黛娜"
« Si vous la rencontriez, je pense que vous prendriez goût aux chats »

"如果你遇见她，我想你会喜欢猫"

« Si seulement vous pouviez la voir »
"如果你能看到她就好了"

« Elle est une chose si chère et si calme »
"她是个如此可爱、安静的东西"

La souris tremblait de partout
老鼠浑身颤抖

Alice était certaine que la souris devait être vraiment offensée
爱丽丝确信这只老鼠一定是真的被冒犯了

« On ne parlera plus d'elle, si tu préfères ne pas le faire »
"如果你愿意的话，我们不会再谈论她了"

« Nous, en effet ! » s'écria la Souris
"我们，真的！"

La souris tremblait jusqu'au bout de sa queue
老鼠颤抖着，一直到尾巴的末端

« Comme si je voulais parler d'un tel sujet ! »
"好像我会谈论这样的话题一样！"

« Notre famille a toujours détesté les chats »
"我们家一直都讨厌猫"

"Les chats ; des choses méchantes, basses, vulgaires !
"猫；、低级、粗俗的东西！

« Ne me laissez plus entendre le nom ! »
"别让我再听到这个名字！"

— Je ne parlerai plus des chats, en effet, dit Alice
"我真的不会再提猫了！"

Elle était très pressée de changer de sujet
她急着要转移话题

"Êtes-vous... Aimez-vous les chiens ?
"你是......你喜欢狗吗？

« Il y a un petit chien si gentil près de notre maison, »
"我们家附近有一只这么漂亮的小狗，"

« Je voudrais te montrer le petit chien ! »
"我想带你看看那只小狗！"

"Ce petit chien tue tous les rats et...
　"这只小狗杀死了所有的老鼠，然后......

« Oh ! mon Dieu ! » s'écria Alice d'un ton triste
　"噢，亲爱的！"　爱丽丝用悲哀的语气叫道

« J'ai peur de t'avoir encore offensé ! »
　"恐怕又得罪你了！"

La souris nageait loin d'elle aussi vite qu'elle le pouvait
老鼠以最快的速度从她身边游走

et la souris fit tout un vacarme dans la mare
老鼠在池子里引起了不小的骚动

Alors elle appela doucement la souris
于是她轻声地追着老鼠叫了一声

« Ma chère souris, s'il vous plaît, revenez ! »
　"我亲爱的老鼠，请回来！"

« Et nous ne parlerons pas des chats »
　"我们不会谈论猫"

« Et nous n'avons pas non plus besoin de parler des chiens »
　"我们也不必谈论狗"

Quand la souris entendit cela, elle se retourna
老鼠听到这话，转过身来

et la petite souris nagea lentement vers elle
小老鼠慢慢地游回她身边

Le visage de la souris était assez pâle
老鼠的脸色很苍白

et la souris parla d'une voix basse et tremblante
老鼠用低沉、颤抖的声音说话

« Allons à la rive »
　"我们到岸边去"

« et ensuite je vous raconterai mon histoire »
　"然后我会告诉你我的历史"

« et vous comprendrez pourquoi c'est moi qui déteste les chats et les chiens »
　"你就会明白为什么我讨厌猫和狗了"

Il était grand temps de partir

现在是该走的时候了
parce que la piscine devenait assez bondée
因为游泳池变得非常拥挤
D'autres oiseaux et animaux étaient tombés dans la mare
其他鸟类和动物也掉进了水池里
il y avait un Canard et un Dodo
有一只鸭子和一只渡渡鸟
et il y avait un oiseau Lory et un aiglon
还有一只 Lory 鸟和一只 Eaglet
et il y avait plusieurs autres créatures intéressantes
还有其他几个看起来很有趣的生物
Alice a ouvert la voie à la sortie de la piscine
爱丽丝带路走出了游泳池
et toute la troupe des animaux nagea jusqu'au rivage
于是，一队动物都游到了岸边

Une course de caucus et une longue traîne
预选会议和长尾巴

C'était en effet une bande d'animaux à l'allure amusante

他们确实是一群看起来很滑稽的动物

et ils se rassemblèrent tous sur le bord de l'eau

他们都聚集在水岸上

Les oiseaux avaient tous des plumes débraillées

鸟儿的羽毛都破烂不堪

et les animaux à fourrure étaient trempés

毛茸茸的动物被浸透了

et tous étaient trempés, agacés et mal à l'aise

所有人都湿漉漉的，恼火和不舒服

Il y avait une question à laquelle il fallait répondre en premier

首先必须回答一个问题

Quelle est la meilleure façon pour tout le monde de se sécher ?

大家擦干的最佳方式是什么？

Ils ont tenu une consultation à ce sujet

他们就此事进行了磋商

Bientôt, ils furent tous en bons termes

很快他们就熟悉了

C'était comme si elle les avait connus toute sa vie

就好像她一辈子都认识他们一样

La souris semblait être une personne d'une certaine autorité

老鼠似乎是一个有权威的人

« Asseyez-vous, vous tous, et écoutez-moi !

"你们都坐下，听我说！

« Je vais bientôt vous faire sécher à nouveau ! »

"我很快就会让你们都干的！"

Ils s'assirent tous en même temps, dans un grand cercle

他们同时围成一圈坐下

et la petite souris s'assit au milieu

小老鼠坐在中间

« Hum ! » dit la souris d'un air important

"咳咳！"

« Êtes-vous tous prêts ? »

"你们都准备好了吗？"

« C'est la chose la plus sèche que je connaisse »

"这是我所知道的最干燥的事情"

« Silence tout autour, s'il vous plaît ! »

"如果你愿意的话，周围安静！"

« Guillaume le Conquérant était favorisé par le pape »

"征服者威廉受到教皇的青睐"

« mais il fut bientôt soumis par les Anglais »

"但他很快就被英国人臣服了"

« Ils voulaient des leaders ces derniers temps »

"他们想要最近的领导人"

« et ils avaient été habitués au pouvoir et à la conquête »

"他们已经习惯了权力和征服"

« Edwin et Morcar, les comtes de Mercie et de Northumbrie »

"埃德温和莫尔卡，麦西亚伯爵和诺森比亚伯爵"

« Pouah ! » dit l'oiseau lori, avec un frisson

"呃，"那只萝莉鸟说，打了个寒颤

« et même Stigand, l'archevêque patriote de Cantorbéry »

"甚至还有爱国的坎特伯雷大主教斯蒂甘德"

« Il l'a également trouvé opportun »

"他也觉得这是可取的"

« Qu'a-t-il trouvé à propos ? » dit le canard

"他觉得什么好呢？"

— Il l'a trouvé opportun, répondit la souris d'un ton un peu contrarié

"他觉得这是可取的，"老鼠相当生气地回答

Mais le canard n'était pas satisfait

但鸭子并不满意

« Bien sûr, vous savez ce que 'it' signifie »

"当然，你知道'它'是什么意思"

« Je sais ce que c'est quand je trouve quelque chose », dit le canard

"当我找到一个东西时，我就知道'它'是什么，"鸭子说

« C'est généralement une grenouille ou un ver »

"它通常是青蛙或蠕虫"

« La question est de savoir ce que l'archevêque a trouvé ?

"问题是，大主教发现了什么？"

La souris n'a pas remarqué cette question

鼠标没有注意到这个问题

Au lieu de cela, la souris continua précipitamment son discours

相反，老鼠匆匆忙忙地继续演讲

« il a jugé opportun d'aller avec Edgar Atheling »

"他觉得和埃德加·阿瑟林一起去是明智的。"

« pour rencontrer Guillaume et lui offrir la couronne »

"去见威廉，把王冠献给他"

la souris continua, se tournant vers Alice pendant qu'elle parlait

老鼠继续说着，一边转向爱丽丝

« Comment allez-vous maintenant, ma chère ? »

"你现在怎么样了，亲爱的？"

– Aussi mouillée que jamais, dit Alice d'un ton
mélancolique

"一如既往地湿漉漉的，" 爱丽丝用忧郁的语气说

« Cette histoire n'a pas l'air de me tarir du tout »

"这个故事似乎一点也不让我感到干燥"

— Dans ce cas, dit solennellement le dodo en se levant

"既然如此，" 渡渡鸟严肃地说，站了起来

« Je vote pour l'ajournement de la séance »

"我投票决定休会"

« et je propose l'adoption immédiate de remèdes plus
énergiques »

"我建议立即采用更有力的补救措施"

« Dis des paroles vraies ! » dit l'aiglon

"说真话！"

« Je ne connais pas le sens de la moitié de ces longs mots »

"我不知道那些长词的一半是什么意思"

et, qui plus est, je ne crois pas que vous le sachiez non plus !

"而且，我不相信你也知道！"

— Ce que j'allais dire, dit le dodo d'un ton offensé

"我本来想说的，" 渡渡鸟用一种被冒犯的语气说

« La meilleure chose à faire pour nous sécher serait une
course au caucus »

"让我们干涸的最好办法是预选会议"

« Qu'est-ce qu'une course de caucus ? » demanda Alice

"什么是预选会议？"

« Eh bien, » dit le dodo, « la meilleure façon de l'expliquer,
c'est de le faire »

"嗯，"渡渡鸟说，"最好的解释方式就是去做。

« D'abord, le dodo a tracé un parcours »

"首先，渡渡鸟划定了一个赛马路线"

« La piste était dans une sorte de cercle »

"轨道在某种圆圈中"

« Et puis tout le groupe a été placé le long du parcours »

"然后所有的队伍都沿着路线布置。"

Il n'y avait pas de « Un, deux, trois et c'est parti ! »

没有"一、二、三和远！

Mais ils ont commencé à courir quand ils voulaient

但他们想跑就跑

et ils finissaient aussi quand ils le voulaient

他们也想什么时候结束就结束

Il n'était donc pas facile de savoir quand la course était
terminée

因此，要知道比赛何时结束并不容易

Après environ une demi-heure de course, ils étaient tous

assez secs
跑了半个小时左右后，他们都已经干了
le dodo s'écria soudain : « La course est finie ! »
渡渡鸟突然喊道： "比赛结束了！
Et ils se pressèrent tous autour du Dodo
他们都挤在渡渡鸟周围
Tous les animaux haletaient et soufflaient
所有的动物都在喘气和喘气
et tous voulaient savoir : « Mais qui a gagné ? »
他们都想知道， "但谁赢了？
Le dodo ne pouvait pas répondre immédiatement à cette question
这个问题渡渡鸟无法立即回答
D'abord, il a dû beaucoup réfléchir
首先，他必须做大量的思考
Après mûre réflexion, le dodo finit par parler
经过深思熟虑，渡渡鸟终于开口了
« Tout le monde a gagné, et tous doivent avoir des prix »
"每个人都赢了，而且所有人都必须有奖品"
« Mais qui doit donner les prix ? » demanda un chœur de voix
"可是，谁来颁奖呢？"
— Eh bien, elle, bien sûr, dit le dodo
"嗯，她，当然，" 渡渡鸟说
et le dodo pointa d'un doigt vers Alice
渡渡鸟用一根手指指向爱丽丝
et toute la troupe des animaux se pressait autour d'elle
还有一大群动物都挤在她周围
ils ont crié, d'une manière confuse : « Des prix ! Des prix !
他们困惑地喊道： "奖品！奖品！
Alice n'avait aucune idée de ce qu'elle devait faire
爱丽丝不知道该怎么办
Désespérée, elle mit la main dans sa poche
绝望中，她把手伸进口袋里

Et elle en sortit une boîte de bonbons
她拿出一盒糖果
Heureusement, l'eau salée n'était pas entrée dans la boîte
幸运的是，盐水没有进入箱子
et elle a distribué les bonbons comme prix
她把糖果当奖品递给大家
Il y avait exactement une pièce pour tout le monde
每个人都有一件
La prochaine chose qu'ils devaient faire était de manger les bonbons
他们接下来要做的是吃糖果
Cela a causé du bruit et de la confusion
这引起了一些噪音和混乱
Les grands oiseaux se plaignaient de ne pas pouvoir goûter leurs bonbons
大鸟抱怨它们尝不到自己的甜食
Les petits s'étouffaient et devaient être tapotés dans le dos
小的呛住了，不得不拍拍背
Cependant, c'était enfin fini
然而，它终于结束了
Et ils se rassirent en cercle
他们又围成一圈坐下
et ils supplièrent la souris de leur dire quelque chose de plus
他们恳求老鼠再告诉他们一些事情
— Vous m'avez promis de me raconter votre histoire, vous savez, dit Alice
"你知道的，你答应过要把你的经历告诉我，" 爱丽丝说
et elle fit une autre petite remarque sur les chats à voix basse
她又悄悄地说了一句关于猫的事
Elle ne voulait pas offenser à nouveau la souris
她不想再得罪老鼠了
la petite souris se tourna vers Alice et soupira

小老鼠转向爱丽丝，叹了口气
« Ma conte est long et triste ! »
"我的是一个漫长而悲伤的故事！"
— C'est une longue queue, certainement, dit Alice
"当然是一条长尾巴，" 爱丽丝说
et elle baissa les yeux avec étonnement sur la queue de la souris
她惊奇地低头看着老鼠的尾巴
« Mais pourquoi appelez-vous cela une queue triste ? »
"可是你为什么叫它悲伤的尾巴呢？"
Et elle n'arrêtait pas de s'interroger à ce sujet pendant que la souris parlait
当老鼠说话时，她一直在困惑
de sorte que son idée de l'histoire était quelque chose comme ceci
所以她对这个故事的想法是这样的

```
            "Fury said to
             a mouse, That
              he met in the
               house, 'Let
                us both go
                 to law: I
                 will prosecute
                 you.——
                  Come, I'll
                 take no denial:
               We must have
             the trial;
          For really
         this morning
    I've
    nothing
    to do.'
         Said the
            mouse to
              the cur,
               'Such a
                 trial, dear
                  sir, With
                     no jury
                      or judge,
                      would
                      be wasting
                     our
                   breath.'
             'I'll be
           judge,
        I'll be
      jury,'
    said
    cunning
       old
          Fury;
           'I'll
             try
               the
                whole
                  cause,
                  and
                  condemn
        death.'    you to
```

Fury dit à une souris : Qu'il s'est rencontré dans la maison.
弗瑞对一只老鼠说，他在房子里遇见了。
Allons tous les deux en justice, je vous poursuivrai
让我们俩都去打官司：我会起诉你
Allons, je n'accepterai aucun démenti : il faut que nous fassions l'épreuve
来吧，我不会否认：我们必须接受审判
Car vraiment ce matin je n'ai rien à faire
因为今天早上我真的无事可做
Dit la souris au maudit ;
老鼠对着诅咒说；
Un tel procès, cher monsieur, sans jury ni juge, nous ferait perdre notre souffle
这样的审判，亲爱的先生，没有陪审团或法官，简直是浪费我们的呼吸
« Je serai juge, je serai jury », dit le vieux rusé Fury
"我来当法官，我来当陪审团，" 狡猾的老弗瑞说
Je vais juger toute la cause, et je vous condamnerai à mort
我要把整个案子都试一遍，把你判死刑
la souris parla sévèrement à Alice
老鼠对爱丽丝严厉地说话
« Tu ne fais pas attention ! »
"你没注意！"
« À quoi pensez-vous ? »
"你在想什么？"
— Je vous demande pardon, dit Alice très humblement
"请原谅，" 爱丽丝非常谦虚地说
« Tu étais arrivé au cinquième virage, je crois ? »
"我想你已经到了第五个弯道吧？"
« Vous m'insultez en disant de telles bêtises ! »
"你说这种废话，侮辱我！"
Et la souris se leva et s'éloigna
老鼠起身走开了
Alice appela la petite souris

爱丽丝在小老鼠后面喊道

« S'il vous plaît, revenez et terminez votre histoire ! »
"请回来把你的故事讲完！"

Et les autres se joignirent tous en chœur
其他人也都加入了合唱

« Oui, s'il vous plaît, terminez votre histoire ! »
"是的，请把你的故事讲完！"

Mais la souris se contenta de secouer la tête avec impatience
但老鼠只是不耐烦地摇了摇头

et la petite souris marchait un peu plus vite
小老鼠走得更快了

« Je voudrais bien avoir Dinah, notre chat, ici ! » dit Alice
"我真希望我们的猫黛娜在这里！"

Cela provoqua une sensation remarquable parmi le parti
这在党内引起了非凡的轰动

Quelques-uns des oiseaux se hâtèrent de s'éloigner
一些鸟儿立刻匆匆走了

et un canari appela d'une voix tremblante ses enfants ;
一只金丝雀用颤抖的声音向它的孩子们喊道；

« Allez-vous-en, mes chères ! »
"走开，亲爱的！"

« Il est grand temps que vous soyez tous au lit ! »
"你们都该躺在床上了！"

Avec diverses excuses, ils sont tous partis
他们找了各种借口都走了

et Alice se retrouva bientôt seule
爱丽丝很快就独自一人

« J'aurais aimé ne pas avoir mentionné Dinah ! »
"我真希望我没有提到黛娜！"

« Personne n'a l'air de l'aimer ici »
"这里似乎没有人喜欢她"

« Mais je suis sûr que c'est la meilleure chatte du monde ! »
"但我敢肯定她是世界上最好的猫！"

La pauvre Alice se remit à pleurer

可怜的爱丽丝又开始哭泣了
parce qu'elle se sentait très seule et déprimée
因为她感到非常孤独和低落
**Au bout de peu de temps, cependant, elle entendit de
nouveau quelque chose**
然而，过了一会儿，她又听到了什么
un petit bruit de pas au loin
远处传来轻微的脚步声
et elle leva les yeux avec impatience
她急切地抬起头来

Le lapin envoie le petit M. Bill
兔子送来了小比尔先生

C'était le lapin blanc, qui revenait lentement au trot
是那只白兔，又慢慢地小跑回来了
Il regardait anxieusement autour de lui en chemin
他一边走一边焦急地四处张望
Il avait l'air d'avoir perdu quelque chose
他看起来好像丢了什么东西
Alice l'entendit marmonner pour lui-même
爱丽丝听见他喃喃自语
— La duchesse ! La Duchesse ! Oh, mes chères pattes !
"公爵夫人！公爵夫人！哦，我亲爱的爪子！
« Oh, ma fourrure et mes moustaches ! »
"哦，我的皮毛和胡须！"
« Elle va me faire exécuter, j'en suis sûr »
"她会把我处死的，我很确定"
« Aussi sûr que les furets sont des furets ! »
"就像雪貂就是雪貂一样！"
« Où ai-je pu laisser tomber mes affaires, je me demande ? »

"我想知道，我能把我的东西丢在哪里？"

Alice devina en un instant ce qu'il cherchait

爱丽丝瞬间猜到了他在找什么

Il cherchait l'éventail de plumes

他在找羽扇

et il cherchait la paire de gants blancs

他正在寻找那双白手套

Elle se mit donc très gentiment à chercher les gants

所以她非常善良地开始寻找手套

Et elle chercha aussi l'éventail de plumes

她也找了羽扇

Mais les gants et l'éventail de plumes étaient introuvables

但手套和羽扇却无处可寻

Tout semblait avoir changé depuis sa baignade dans la piscine

自从她在游泳池里游泳以来，一切似乎都发生了变化

Rien n'était pareil depuis qu'elle était dans la grande salle

自从她在大厅里以来，一切都不一样了

et la table de verre avait disparu

玻璃桌也不见了

Et la petite porte n'était pas là non plus

而且那扇小门也不在那里

Très vite, le lapin remarqua Alice

很快，兔子就注意到了爱丽丝

Il l'appela d'un ton furieux

他用愤怒的语气呼唤她

« Mary Ann, que fais-tu ici ? »

"Mary Ann，你在这儿做什么？"

« Rentre chez toi à l'instant même »

"这一刻跑回家"

« Et apporte-moi une paire de gants et un éventail de plumes ! »

"给我拿一双手套和一把羽扇来！"

« Et faites vite ! »

“而且要快点！”
Alice se parlait à elle-même en s'enfuyant
爱丽丝一边跑一边自言自语
— Il a dû me prendre pour sa femme de chambre !
“他一定把我误认为是他的女仆了！”
« Comme il sera surpris quand il découvrira qui je suis ! »
“当他发现我是谁时，他会多么惊讶啊！”
En disant cela, elle tomba sur une petite maison soignée
“说这话的时候，她来到了一座整洁的小房子里
Sur la porte de la maison se trouvait une plaque de laiton brillant
房子的门上挂着一块亮丽的铜牌
« W. LAPIN »
“W. 兔”
Elle entra sans frapper à la porte
她没有敲门就进去了
et elle se hâta de monter l'escalier
她急忙径直上楼
elle craignait de rencontrer la vraie Mary Ann
她担心自己可能会遇到真正的玛丽安
parce qu'alors elle serait chassée de la maison
因为那样她就会被赶出家门
et elle ne pourrait pas trouver l'éventail de plumes et les gants
而且她找不到羽扇和手套
Alice s'était frayé un chemin dans une petite pièce bien rangée
爱丽丝走进了一个整洁的小房间
Dans la pièce, il y avait une table près de la fenêtre
房间里靠窗有一张桌子
et sur la table, il y avait un éventail de plumes
桌子上放着一把羽毛扇
et il y avait deux ou trois paires de petits gants blancs
还有两三双小白手套

Elle ramassa l'éventail en plumes et une paire de gants
她拿起了羽扇和一双手套

et elle allait quitter la pièce
她正要离开房间

mais alors ses yeux tombèrent sur une petite bouteille
但随后她的目光落在了一个小瓶子上

Elle déboucha la bouteille et la porta à ses lèvres
她打开瓶子的瓶塞，把它放在嘴唇上

« J'espère que cela me fera redevenir grand »
　“我真心希望它能让我再次长大”

« J'en ai marre d'être une toute petite chose ! »
　“我受够了做这么小东西！”

Alice avait à peine bu la moitié de la bouteille
爱丽丝几乎没喝完半瓶

Sa tête était déjà appuyée contre le plafond
她的头已经压在天花板上

et elle dut se baisser
她不得不弯下腰

pour sauver son cou d'être brisé
为了不让她的脖子被折断

Elle posa précipitamment la bouteille
她匆匆放下了瓶子

« C'est bien assez »
　“这就够了”

« J'espère que je ne grandirai plus »
　“我希望我不要再长大了”

Hélas! Il était trop tard pour souhaiter cela !
唉！希望那已经太晚了！

Elle n'a cessé de grandir
她不断成长

et très vite elle dut s'agenouiller sur le sol
很快她就不得不跪在地板上

Et même alors, elle a continué à grandir
即便如此，她还是继续成长

Comme dernière ressource, elle passa un bras par la fenêtre
作为最后的资源，她把一只手臂伸出窗外
et elle mit un pied dans la cheminée
她把一只脚伸进烟囱里
« Maintenant, je ne peux plus faire, quoi qu'il arrive »
"现在我不能再做任何事情了，无论发生什么"
« Que vais-je devenir ? »
"我会变成什么样子？"

Alice a eu un peu de chance
爱丽丝有一点运气
La petite bouteille magique avait fait son plein effet
小魔术瓶已经发挥了它的全部作用
et Alice ne grandit pas plus qu'elle n'était
爱丽丝并没有长得比她大
Au bout de quelques minutes, elle entendit une voix à l'extérieur
几分钟后，她听到外面有声音
et elle s'arrêta pour écouter la voix
她停下来听那声音

« Mary Ann ! Mary Ann ! dit la voix
"玛丽·安！玛丽安！

« Apporte-moi mes gants tout de suite ! »
"马上把我的手套拿来！"

Puis vint un petit claquement de pieds dans l'escalier
然后，楼梯上传来了一阵轻微的脚步声

Alice savait que c'était le lapin qui venait la chercher
爱丽丝知道是兔子来找她了

et elle trembla jusqu'à faire trembler la maison
她战战兢兢，直到震动了房子

elle oublia tout à fait quelles étaient ses proportions
她完全忘记了自己的比例是多少

Elle était mille fois plus grosse que le lapin
她比兔子大一千倍

et elle n'avait aucune raison d'avoir peur d'un lapin
她没有理由害怕兔子

Bientôt le lapin s'approcha de la porte
不一会儿，兔子走到门口

et le petit lapin essaya d'ouvrir la porte
小兔子试图打开门

La porte a commencé à s'ouvrir vers l'intérieur
门开始向内打开

mais le coude d'Alice était fortement appuyé contre la porte
但爱丽丝的胳膊肘被狠狠地压在门上

Cette tentative s'est avérée un échec
那次尝试被证明是失败的

Alice entendit le lapin se parler à lui-même
爱丽丝听到兔子自言自语

« Ensuite, je vais faire le tour et entrer par la fenêtre »
"那我就绕着走，从窗户进去。"

« Que tu ne le feras pas ! » pensa Alice
"你不会的！"

Et elle attendit encore un peu
她又等了一会儿

Bientôt, elle entendit le lapin juste sous la fenêtre
很快，她就听到了窗下的兔子
Elle étendit soudain la main
她突然伸出手
et elle fit une prise en l'air
她在空中猛地一把
Elle n'a rien attrapé
她什么也没拿
mais elle entendit un petit cri et une chute
但她听到了一声尖叫和一阵摔倒
et elle entendit un fracas de verre brisé
她听到了玻璃碎裂的撞击声
Peut-être le lapin était-il tombé
也许兔子掉下来了
Peut-être était-il dans une serre
也许他在温室里
Puis vint une voix en colère ; La voix du lapin
接着传来一个愤怒的声音；兔子的声音
« Pat, où es-tu ? »
"Pat，你在哪儿？"
Et puis vint une voix qu'elle n'avait jamais entendue auparavant
然后传来了一个她从未听过的声音
« Votre honneur, je suis là ! »
"大人，我在这里！"
« Je creuse pour trouver des pommes »
"我在挖苹果"
« Ici ! Venez m'aider à m'en sortir !
"来！快来帮我走吧！
« Maintenant, dis-moi, Pat, qu'est-ce qu'il y a dans la fenêtre ? »
"现在告诉我，帕特，窗户里有什么？"
« Bien sûr, Votre Honneur, je vais vous le dire »
"好的，大人，我会告诉你的。"

« C'est un bras qui est dans la fenêtre ! »
"这是一只在窗户里的手臂！"
« Eh bien, un bras n'a rien à faire là-bas »
"嗯，一只手臂在那里没什么用"
« Va et enlève le bras ! »
"去把那条胳膊拿走！"
Il y eut un long silence après cela
之后是长时间的沉默
et Alice n'entendait que des chuchotements de temps en temps
爱丽丝只能时不时地听到耳语
et enfin elle étendit de nouveau la main
最后，她又伸出了手
et elle fit une autre arrachée dans les airs
她又在空中抓了一下
Cette fois, il y eut deux petits cris
这一次传来了两声小小的尖叫
et il y avait d'autres bruits de verre brisé
玻璃破碎的声音越来越大
« Je me demande ce qu'ils vont faire ensuite ! » pensa Alice
"我想知道他们接下来要做什么！"
« J'aimerais qu'ils me tirent par la fenêtre »
"我希望他们能把我拉出窗外"
Elle attendit un certain temps
她等了一会儿
Mais pendant un moment, elle n'entendit plus rien
但有一阵子，她什么也没听到
Enfin, il y eut un grondement de petites roues
最后，传来了小轮子的隆隆声
et il y eut le son d'un bon nombre de voix
这时传来了许多声音
Toutes les voix parlaient ensemble
所有的声音都在一起说话
Elle pouvait distinguer certaines des paroles

她能听清一些字

« Où est l'autre échelle ? »

"另一个梯子呢？"

« Bill a l'autre échelle »

"比尔有另一个梯子"

« Bill, viens ici ! »

"比尔，过来！"

« Le toit va-t-il supporter le fardeau ? »

"屋顶能承受负载吗？"

« Qui veut descendre par la cheminée ? »

"谁想从烟囱里下去？"

— Non, je ne le ferai pas ! Vous le faites !

"不，我不会的！你来做吧！"

« Tiens, Bill ! »

"来，比尔！"

« Le maître dit qu'il faut descendre par la cheminée ! »

"主人说你得从烟囱下去！"

Alice descendit son pied aussi loin qu'elle le put dans la cheminée

爱丽丝把脚尽可能地伸到烟囱里

Et puis elle attendit de voir ce qui allait arriver

然后她等着看会发生什么

Elle entendit un petit animal gratter et se débattre

她听到一只小动物在抓挠和争吵

Le petit animal doit être dans la cheminée

小动物一定在烟囱里

Puis elle donna un coup de pied sec

然后她猛地踢了一脚

et elle attendit de voir ce qui allait se passer ensuite

她等着看接下来会发生什么

Elle entendit un chœur général de voix

她听到了一阵普遍的合唱

« Voilà Bill ! » dirent-ils tous

"比尔走了！"

Puis elle entendit la voix du lapin seule
然后她听到了兔子独自的声音
« Toi par la haie, attrape-le ! »
"你在树篱边，抓住他！"
Il y eut un autre moment de silence
又是一阵沉默
Et puis il y eut une autre confusion de voix
然后又是一阵混乱的声音
« Lève la tête, Brandy »
"抬起他的头，白兰地"
« Attention à ne pas l'étouffer »
"小心不要让他窒息"
« Qu'est-ce qui t'est arrivé ? »
"你怎么了？"
Enfin, une petite voix faible et grinçante est apparue
最后传来一个有点微弱、吱吱作响的声音
« Eh bien, je n'en sais presque pas plus »
"嗯，我几乎不知道更多了"
« merci à tous, je vais mieux maintenant »
"谢谢大家，我现在好多了"
« il y a une chose dont je peux me souvenir »
"有一件事我能记住"
« Quelque chose vient à moi comme un train dans un tunnel »
"有什么东西像隧道里的火车一样向我袭来"
« Et je vole comme une fusée ! »
"我像火箭一样飞起来！"
Il y eut une minute ou deux de silence
一两分钟的沉默
puis ils ont recommencé à se déplacer
然后他们又开始四处走动
et Alice entendit de nouveau le Lapin parler
爱丽丝又听到兔子说话了
« Une brouette fera l'affaire, pour commencer »

"一开始，一个 barrowful 就可以了"
« Une brouette pleine de quoi ? » pensa Alice
"什么？" 爱丽丝想
Mais elle ne fut pas tenue en suspens longtemps
但她并没有长时间处于悬念中
Une pluie de petits cailloux est passée par la fenêtre
一阵小鹅卵石从窗户里射进来
et quelques petits cailloux l'ont frappée au visage
一些小鹅卵石打在她的脸上
Alice fut surprise par les petits cailloux
爱丽丝对这些小鹅卵石感到惊讶
Tous les petits cailloux se transformaient en gâteaux
所有的小鹅卵石都变成了蛋糕
et une idée lumineuse lui vint à l'esprit
一个好主意出现在她的脑海中
« Je devrais manger un de ces gâteaux »
"我应该吃其中一个蛋糕"
« Le gâteau ne manquera pas de faire changer ma taille »
"蛋糕肯定会改变我的尺码"
Alors elle a avalé l'un des gâteaux
所以她吞下了其中一个蛋糕
et elle fut ravie de constater qu'elle commençait à rétrécir
她很高兴地发现自己开始缩小
Bientôt, elle fut assez petite pour franchir la porte
很快她就小到可以进门了
Elle s'est enfuie de la maison
她跑出了房子
Une foule de petits animaux et d'oiseaux attendaient dehors
一群小动物和小鸟在外面等着
tous les petits oiseaux et les petits animaux se précipitèrent sur Alice
所有的小鸟和小动物都向爱丽丝冲来
Mais elle s'enfuit aussi vite qu'elle le put
但她以最快的速度跑开了

et bientôt elle se trouva en sécurité dans un bois épais
很快，她发现自己在一片茂密的树林里很安全
Alice errait dans les bois
爱丽丝在树林里徘徊
Et elle pensa en elle-même :
她心想：
« Je sais ce que je dois faire en premier »
“我知道我首先要做什么”
« Je dois d'abord grandir à ma bonne taille »
“首先，我必须再次长到合适的尺寸”
« et puis je dois trouver mon chemin dans ce joli jardin »
“然后我得想办法进那个可爱的花园。”
« Je suppose que je devrais manger ou boire quelque chose ou autre »
“我想我应该吃点东西或喝点什么的”
« Mais la question est de savoir ce que je dois manger ou boire ? »
“但问题是我应该吃什么或喝什么？”
Alice regarda tout autour d'elle les fleurs
爱丽丝环顾四周的花朵
et elle regarda à travers les brins d'herbe
她透过草叶向外望去
mais elle ne voyait rien à manger ni à boire
但她看不到任何可吃的东西或可喝的东西
Rien ne semblait être la bonne chose à manger ou à boire
看起来没有什么东西是适合吃或喝的东西
Il y avait un gros champignon qui poussait près d'elle
她附近长着一朵大蘑菇
le champignon était à peu près de la même taille qu'Alice
蘑菇的高度与爱丽丝差不多
Elle s'étira sur la pointe des pieds
她踮起脚尖伸展身体
Et elle jeta un coup d'œil par-dessus le bord du champignon
她从蘑菇的边缘偷看

Ses yeux rencontrèrent immédiatement les yeux d'une grande chenille bleue

她的眼睛立即与一只蓝色大毛毛虫的眼睛相遇

La chenille était assise sur le sommet du champignon

毛毛虫坐在蘑菇的顶部

et la chenille avait croisé tous ses bras

毛毛虫已经交叉了他的所有手臂

et il fumait tranquillement un long narguilé

他静静地抽着一根长长的水烟

et il ne faisait pas la moindre attention à rien

他丝毫没有注意到任何事情

et il n'a certainement pas fait attention à Alice

他当然没有注意爱丽丝

Les conseils d'une chenille
来自毛毛虫的建议

Finalement, la chenille a retiré le narguilé de sa bouche

最后，毛毛虫从嘴里把水烟袋拿了出来

et il s'adressa à Alice d'une voix languissante et endormie

他用一种慵懒、困倦的声音对爱丽丝说

« Qui es-tu ? » demanda la chenille

"你是谁？"

Alice a répondu, plutôt timidement : « Je sais à peine, monsieur. »

爱丽丝相当害羞地回答说： "我几乎不知道，先生。

« Juste pour le moment, c'est un peu... »

"只是此刻，一切都有点……"

« Je sais qui j'étais quand je me suis levé ce matin" »

"我知道我今天早上起床时是谁。"

« mais je pense que j'ai dû changer plusieurs fois depuis »

"但我想，从那以后我肯定已经变了好几次了。"

« Qu'est-ce que tu veux dire par là ? » dit la chenille

"你这话是什么意思？"

sévèrement, la chenille lui demanda de s'expliquer
毛毛虫严厉地要求她解释一下
— Je ne peux pas m'expliquer, j'en ai peur, monsieur, dit Alice
"恐怕我自己说不清，先生，" 爱丽丝说
« parce que je ne suis pas moi-même »
"因为我不是我自己"
« Vous voyez, être de tant de tailles différentes en une journée, c'est très déroutant »
"你看，一天有这么多不同的尺码是非常令人困惑的"

Elle se redressa et dit très gravement :
她站起来，非常严肃地说：
« Je pense que tu devrais me dire qui tu es, en premier »
"我觉得你应该先告诉我你是谁。"
« Pourquoi ? » demanda la chenille
"为什么？"
Alice ne voyait aucune bonne raison
爱丽丝想不出什么好的理由
et la chenille semblait être dans un état d'esprit très désagréable
毛毛虫似乎处于一种非常不愉快的精神状态
alors elle s'en retourna
所以她转身离开了
« Reviens ! » la chenille l'appela
毛毛虫在她身后喊道
« J'ai quelque chose d'important à dire ! »
"我有重要的事情要说！"
Alice se retourna et revint
爱丽丝转过身来，又回来了
« Garde ton sang-froid », dit la chenille
"保持你的脾气，" 毛毛虫说
— C'est tout ? dit Alice
"就这些吗？"

Et elle ravala sa colère de son mieux

她尽可能地压制住了自己的愤怒

« Non, » dit la chenille

"不，"毛毛虫说

La chenille déplia ses bras

毛毛虫张开双臂

Et il retira le narguilé de sa bouche

他又把水烟袋从嘴里拿出来

et il a dit : « Vous pensez donc que vous avez changé, n'est-ce pas ? »

他说，"所以你觉得你变了，是吗？

— J'ai peur, je suis changée, monsieur, dit Alice

"恐怕，我变了，先生，"爱丽丝说

« Je ne me souviens plus des choses comme je m'en souvenais »

"我记不住以前记得的事情了"

« et je ne reste pas plus de dix minutes de la même taille ! »

"而且我不会保持相同的大小超过十分钟！"

« Quelle taille veux-tu faire ? » demanda la chenille

毛毛虫问道："你想变成什么大小？

— Oh, ma taille ne me dérange pas particulièrement, répondit vivement Alice

"哦，我不是特别在意我的体型，"爱丽丝急忙回答

« Je n'aime pas changer de taille si souvent, vous savez »

"我就是不喜欢这么频繁地改变尺码，你知道的"

« J'aimerais être un peu plus grand, monsieur »

"我想再大一点，先生"

— Si cela ne vous dérange pas, ajouta Alice

"如果你不介意的话，"爱丽丝补充道

« Dix centimètres, c'est une taille si misérable »

"10 厘米真是太可怕了"

« C'est une très bonne hauteur en effet ! » dit la chenille avec colère

"这确实是一个非常好的高度！"

et il se redressa tout en parlant

他说话的时候站直了身子
Il mesurait exactement dix centimètres de haut
他正好有十厘米高
Au bout d'une minute ou deux, la chenille s'est détachée du champignon
一两分钟后，毛毛虫从蘑菇上下来了
et il s'enfonça en rampant dans l'herbe
他就爬到草地上去了
En s'éloignant, il fit quelques petites remarques
他走的时候，说了一些小话
« Un côté vous fera grandir »
"一侧会让你长高"
« Et l'autre côté te fera rapetisser »
"另一边会让你长得矮"
« Un côté de quoi ? » pensa Alice en elle-même
"一边是什么？" 爱丽丝心想
« L'autre côté de quoi ? »
"另一边是什么？"
« Le côté du champignon », dit la chenille
"蘑菇的侧面，" 毛毛虫说
C'était comme si elle avait posé sa question à haute voix
就好像她大声地问了她的问题一样
et un instant plus tard, il fut hors de vue
再过一会儿，他就消失在视线中了
Alice resta pensivement à regarder le champignon
爱丽丝仍然若有所思地看着蘑菇
Elle essayait de distinguer quels étaient les deux côtés du champignon
她试图弄清楚蘑菇的两面是哪一面
Enfin, elle étendit ses bras autour du champignon
最后，她伸出双臂搂住了蘑菇
Et elle cassa un peu les bords
她把边缘掰掉了一点
« Et maintenant, de quel côté est-ce ? » se dit-elle

"那么现在，哪边是哪边呢？"
et elle grignota un peu du mors de la main droite
她啃了一点右手的那块
L'instant d'après, elle sentit un violent coup sous son menton
下一刻，她感到下巴下方受到了猛烈的打击
Son menton avait heurté son pied !
她的下巴撞到了她的脚！
Elle fut bien effrayée par ce changement très soudain
她被这个非常突然的变化吓坏了
Elle rétrécissait très rapidement
她缩小得非常快
Alors elle a rapidement mangé un peu de l'autre morceau de champignon
所以她很快就吃掉了另一块蘑菇
Son menton était très serré contre son pied
她的下巴紧紧地压在脚上
Il y avait à peine de la place pour ouvrir la bouche
她几乎没有张口的空间
mais elle parvint enfin à ouvrir la bouche
但她终于设法张开了嘴
et elle avala un morceau du mors de la main gauche
她吞下了一小口左手的
« Ma tête a enfin été libérée ! » dit Alice
"我的头终于被解放出来了！"
Elle baissa les yeux sur elle-même
她低头看着自己
mais tout ce qu'elle pouvait voir, c'était une immense longueur de cou
但她只能看到一条巨大的脖子
Son cou semblait se dresser comme une tige
她的脖子似乎像一根茎一样高起
et elle baissa les yeux sur une mer de feuilles vertes
她俯视着一片绿叶的海洋

« Où sont passées mes épaules ? »
"我的肩膀到哪儿去了？"
« Et oh, mes pauvres mains, comment se fait-il que je ne puisse pas vous voir ? »
"哦，我可怜的手，我怎么看不见你呢？"
Mais son cou avait un avantage
但她的脖子确实有一个好处
Elle pouvait bouger la tête dans n'importe quelle direction
她可以向任何方向移动她的头
En fait, elle était comme un serpent
事实上，她就像一条蛇
Elle zigzague gracieusement, la tête baissée
她优雅地曲折地低下头
et elle remua la tête à travers les arbres
她把头穿过树林
Mais elle entendit alors un sifflement aigu
但随后她听到了一声尖锐的嘶嘶声
Et elle tira rapidement la tête en arrière
她很快就把头往后拉
Un gros pigeon lui avait volé au visage
一只大鸽子飞到了她的脸上
et le pigeon était violemment avec ses ailes
鸽子猛烈地摆动着翅膀

« Serpent ! » cria le pigeon
"蛇！"

« Je ne suis pas un serpent ! » dit Alice avec indignation
"我不是蛇！"

« Laisse-moi tranquille ! »
"别管我！"

« J'ai essayé les racines des arbres »
"我试过树根"

— Et j'ai essayé des haies, continua le pigeon
"我试过树篱，" 鸽子继续说

« Mais ces serpents ! Il n'y a pas moyen de leur plaire !
"可是那些蛇！没有办法取悦他们！

Alice était de plus en plus perplexe
爱丽丝越来越困惑

« Comme si ce n'était pas assez compliqué de faire éclore les œufs », a déclaré le pigeon
"好像孵化蛋还不够麻烦，" 鸽子说

« Nuit et jour, je dois aussi faire attention aux serpents ! »
"无论白天还是黑夜，我也必须提防蛇！"

« Je venais de trouver l'arbre le plus haut de la forêt »
"我刚刚找到了森林里最高的树"
« Je serais sûrement libre des serpents ici ? »
"我在这里肯定不会有蛇吗？"
« Et un serpent sort du ciel ! »
"一条蛇从天上出来！"
« Mais je ne suis pas un serpent, je vous le dis ! » dit Alice
"可是我告诉你，我不是蛇！"
"Je suis un... Je suis un... Je suis une petite fille, ajouta-t-elle d'un air un peu dubitatif
"我是……我是…我是个小女孩，"她颇为怀疑地补充道
Après tout, elle avait traversé beaucoup de changements
毕竟，她经历了很多变化
« Tu cherches des œufs », dit le pigeon
"你在找蛋，"鸽子说
« Je le sais pertinemment »
"我知道这是事实"
« Et qu'importe que vous soyez une petite fille ou un serpent ? »
"那么，你是个小女孩还是一条蛇又有什么关系呢？"

— Cela m'importe beaucoup, dit Alice à la hâte
"这对我来说很重要，"爱丽丝急忙说
« mais je ne cherche pas d'œufs, en l'occurrence »
"但我不是在找鸡蛋，就像它碰巧一样"
« et je ne voudrais pas de tes œufs de toute façon »
"反正我也不想要你的鸡蛋"
« Je n'aime pas mes œufs crus »
"我不喜欢生的鸡蛋"
« Eh bien, allez-vous-en ! » dit le pigeon d'un ton boudeur
"好吧，那就走吧！"鸽子用闷闷不乐的语气说
et le pigeon se posa de nouveau dans son nid
鸽子又回到了它的巢里

Alice s'accroupit parmi les arbres du mieux qu'elle put
爱丽丝尽可能地蹲在树林中
Son cou ne cessait de s'emmêler parmi les branches
她的脖子一直缠在树枝之间
De temps en temps, elle devait s'arrêter et se tordre le cou
她时不时地不得不停下来，解开她的脖子
Au bout d'un moment, elle se souvint du champignon
过了一会儿，她想起了那个蘑菇
Elle tenait toujours les morceaux de champignon dans ses mains
她手里还拿着蘑菇片
et elle se mit à l'œuvre avec beaucoup de soin
她开始非常小心地工作
D'abord, elle a grignoté un morceau
首先，她啃了一块
puis elle grignota l'autre morceau
然后她啃了另一块
Parfois, elle grandissait
有时她会长高
et parfois elle devenait plus petite
有时她会变矮
Mais finalement, elle a atteint sa taille habituelle
但最后她还是达到了平常的高度
Elle n'avait pas été de sa taille depuis un certain temps
她已经有一段时间没有达到自己的身高了
Tout m'a semblé étrange pendant un moment
所以有一段时间一切都感觉很奇怪
« La prochaine chose à faire est d'entrer dans ce beau jardin »
"接下来要做的是进入那个美丽的花园"
« Comment cela se fera-t-il, je me demande ? »
"我想知道，这是怎么做到的呢？"
En disant cela, elle tomba sur un endroit ouvert
"说这话的时候，她来到一个空旷的地方

Il y avait une petite maison, un peu plus haute qu'un mètre
那里有一座小房子，比一米高一点
« Je me demande qui habite cette petite maison »
"我想知道谁住在这栋小房子里"
« Je ne peux certainement pas y aller aussi grand que je le suis »
"我当然不能像我这样大"
« Je les effrayerais terriblement ! »
"我会把他们吓坏的！"
alors elle grignota à nouveau le petit champignon
于是她又啃了一口小蘑菇
et bientôt elle s'abaissa de trente centimètres
很快，她就把自己降落了三十厘米

Un cochon et du poivre
一头猪和一些胡椒粉

Pendant une minute ou deux, elle resta à regarder la maison

她站着看了一两分钟，望着房子

Soudain, un valet de pied sortit en courant des bois

突然，一个仆人从树林里跑了出来

Il portait un uniforme de livrée spécial

他穿着一件特殊的制服

à en juger par son seul visage, elle l'aurait traité de poisson

仅从他的脸上看，她会称他为鱼

et il frappa bruyamment à la porte avec ses jointures

他用指关节大声地敲门

La porte fut ouverte par un autre valet de pied

门是另一个仆人开的

Ce valet de pied portait également une livrée spéciale

这个仆人也穿着特殊的制服

Ce valet de pied avait un visage rond et de grands yeux comme une grenouille

这个仆人有一张圆圆的脸和像青蛙一样的大眼睛

C'est le valet de pied qui ressemblait à un poisson qui a
initié la cérémonie
看起来像鱼的仆人开始了仪式
Il sortit quelque chose de sous son bras
他从胳膊下掏出什么东西
et il tira de dessous son bras une enveloppe
他从胳膊下掏出一个信封
et cette enveloppe, il la remit à l'autre valet de pied
他把这个信封交给了另一个仆人
D'un ton cérémoniel, il lui donna les ordres
他用一种庄重的语气告诉他命令
« Ce message s'adresse à la duchesse »
“这条信息是给公爵夫人的”
« Une invitation de la reine à jouer au croquet »
“女王邀请你打槌球”
Le valet de pied qui ressemblait à une grenouille répéta
l'ordre
那个看起来像青蛙的仆人重复了一遍命令
« De la reine »
“来自女王”
« Une invitation »
“邀请”
« pour la duchesse »
“为了公爵夫人”
« Jouer au croquet »
“玩槌球”
Puis ils s'inclinèrent tous les deux
然后他们俩都低低地鞠了一躬
et les boucles de leurs perruques s'emmêlèrent
他们假发上的卷发纠缠在一起
Bientôt, le valet de pied qui ressemblait à un poisson a
disparu
很快，那个看起来像鱼的仆人就消失了
Mais le valet de pied qui ressemblait à une grenouille était
toujours là

但那个看起来像青蛙的仆人还在那里

Il était assis par terre près de la porte

他坐在门边的地上

Il regardait bêtement le ciel

他愚蠢地盯着天空

Alice s'approcha timidement de la porte et frappa

爱丽丝怯怯地走到门前敲了敲门

— Il ne sert à rien de frapper, dit le valet de pied

"敲门也没用，"仆人说

« Et ce, pour deux raisons »

"这有两个原因"

« D'abord, parce que je suis du même côté de la porte que toi »

"首先，因为我和你在同一侧"

« Deuxièmement, parce qu'ils font tellement de bruit à l'intérieur »

"其次，因为他们在里面制造了很多噪音"

« Personne ne pouvait vous entendre »

"没人能听到你"

Et il y avait certainement un bruit des plus extraordinaires à l'intérieur

而且里面肯定有一种最不寻常的声音

des hurlements et des éternuements constants

不断嚎叫和打喷嚏

et de temps en temps un bruit de grand fracas

时不时传来巨大的撞击声

comme si un plat ou une bouilloire avait été brisé en morceaux

就像一个盘子或水壶被打碎了一样

« Comment vais-je entrer ? » demanda Alice

"我怎么进去呢？"

— Faut-il que tu entres ? dit le valet de pied

"你到底应该进去吗？"

« C'est la première question, vous savez »

"这是第一个问题，你知道的"

Alice ouvrit la porte et entra

爱丽丝打开门走了进去

La porte menait directement à une grande cuisine

门直接通向一个大厨房

La cuisine était pleine de fumée d'un bout à l'autre

厨房从一端到另一端都充满了烟雾

au milieu de la cuisine se trouvait la duchesse

厨房中间是公爵夫人

Elle était assise sur un tabouret à trois pieds

她坐在一个三条腿的凳子上

et elle allaitait un bébé

她正在哺乳一个婴儿

Le cuisinier était penché au-dessus du feu

厨师靠在火上

Il remuait un grand chaudron

他正在搅动一个大锅

et le chaudron semblait être plein de soupe

锅里似乎装满了汤

« Il y a certainement trop de poivre dans cette soupe ! » Alice se dit

"那汤里肯定有太多的胡椒粉了！" 爱丽丝自言自语道

Elle l'a dit du mieux qu'elle a pu sans éternuer

她尽可能地说，没有打喷嚏

Même la duchesse éternuait de temps en temps

就连公爵夫人也偶尔打喷嚏

Mais les actions du bébé étaient les plus remarquables

但婴儿的行为是最值得注意的

Le bébé éternuait et hurlait alternativement

婴儿打喷嚏和嚎叫交替

Il n'y avait pas un instant de pause entre les hurlements et les éternuements

在嚎叫和打喷嚏之间没有片刻的停顿

Il y avait deux créatures dans la cuisine qui n'éternuaient
pas
厨房里有两个生物不打喷嚏
Le cuisinier était trop occupé pour éternuer
厨师太忙了，没时间打喷嚏
et le gros chat ne semblait pas se soucier du poivre
而那只大猫似乎并不介意胡椒
Au lieu de cela, le gros chat souriait d'une oreille à l'autre
相反，这只大猫却在咧嘴笑得合不拢嘴
— Pourriez-vous me le dire, s'il vous plaît, dit Alice un peu
timidement
"请你告诉我，" 爱丽丝有点怯怯地说
« Pourquoi ton chat sourit-il comme ça ? »
"你的猫为什么咧嘴笑？"
« C'est un Cheshire-Cat, » dit la duchesse
"这是一只柴郡猫，" 公爵夫人说
« Et c'est pourquoi il sourit d'une oreille à l'autre »
"这就是为什么他笑得合不拢嘴"
« Je ne savais pas qu'un Cheshire-Cat souriait toujours »
"我不知道柴郡猫总是咧嘴笑"
« En fait, je ne savais pas que les chats pouvaient sourire », a
déclaré Alice
"事实上，我不知道猫会咧嘴笑，" 爱丽丝说
— Il y a beaucoup de choses que vous ne savez pas, dit la
duchesse
"你不知道的很多事情，" 公爵夫人说
« Il y a beaucoup de choses que vous ne savez pas et c'est un
fait »
"有很多你不知道的，这是事实"
Juste à ce moment-là, le cuisinier retira le chaudron de soupe
du feu
就在这时，厨师把汤锅从火上拿了下来
et aussitôt, elle commença à jeter tout ce qui était à sa portée
她立刻开始把所有她能及的东西都扔出去
elle jeta tout ce qu'elle put sur la duchesse et le bébé

她把她能做的一切都扔给了公爵夫人和婴儿
D'abord, elle jeta les fers à feu
首先，她扔出了火镣
Puis elle a jeté une poignée de casseroles
然后她扔了一把平底锅
et enfin elle jeta les assiettes et les plats
最后，她把盘子和盘子扔了出去
La duchesse ne fit pas attention à elle
公爵夫人没有注意到她
Même lorsqu'elle a été frappée par une assiette, elle ne s'est pas inquiétée
即使她被盘子砸中，她也不担心
Le bébé hurlait déjà tellement
婴儿已经嚎叫得很厉害了
Il était donc impossible de dire si les coups blessaient le bébé ou non
因此，无法说这些打击是否伤害了婴儿
« Oh, je vous en prie, faites attention à ce que vous faites ! » s'écria Alice
"噢，请小心你在做什么！"
et elle sautait de haut en bas dans une agonie de terreur
她在恐惧中上蹿下跳
la duchesse offrit le bébé à Alice
公爵夫人为爱丽丝提供了婴儿
« Ici ! Tu peux allaiter un peu le bébé, si tu veux !
"来！如果你愿意，你可以给婴儿喂奶一会儿！
et elle lui lança l'enfant tout en parlant
"她一边说一边把婴儿扔向她
« Je dois aller me préparer à jouer au croquet avec la reine »
"我得去准备和女王打槌球了"
et elle se hâta de sortir de la chambre
她匆匆忙忙地走出了房间
Alice attrapa le bébé avec quelque difficulté
爱丽丝好不容易才抓住了婴儿

parce que c'était une petite créature de forme très étrange
因为它是一个形状非常奇特的小生物
et l'enfant tendit les bras et les jambes dans toutes les directions
婴儿向四面八方伸出胳膊和腿
« Je ferais mieux d'emmener cet enfant avec moi », pensa Alice
"我最好把这个孩子带走，"爱丽丝想
« Ils sont sûrs de tuer ce bébé dans un jour ou deux »
"他们肯定会在一两天内杀死这个孩子"
« Ne serait-ce pas un meurtre de laisser ce bébé derrière soi ? »
"留下这个孩子不是谋杀吗？"
Elle prononça les derniers mots à haute voix
她大声说出了最后一句话
Et la petite créature grogna en réponse
小家伙咕哝着回答
« Tu ferais mieux de ne pas te transformer en cochon, ma chère, » dit Alice
"你最好不要变成一头猪，亲爱的，"爱丽丝说
« ou alors je n'aurai plus rien à faire avec toi »
"不然我就跟你没什么关系了。"
Alice commençait à peine à penser en elle-même :
爱丽丝刚刚开始心里想：
« Maintenant, que vais-je faire de cette créature, quand je la ramène à la maison ? »
"现在，当我把这个家伙带回家时，我该怎么办？"
Mais alors la petite créature grogna un peu violemment
但随后这个小家伙咕哝了一声
et Alice baissa les yeux sur son visage avec une certaine inquiétude
爱丽丝有些警惕地低头看着它的脸
Cette fois, il ne pouvait y avoir d'erreur à ce sujet
这一次不会有错
Ce n'était ni plus ni moins qu'un cochon

它既不多也不少于一头猪

alors elle déposa la petite créature

于是她把这个小家伙放了下来

et la petite créature s'éloigna tranquillement dans le bois

小家伙悄悄地小跑着走进了树林

Alice se sentit tout à fait soulagée de voir la créature partir

爱丽丝看到这个生物走了，感到相当欣慰

Alice fut un peu surprise en voyant le Chat-Cheshire

爱丽丝看到柴郡猫有点吃惊

Il était assis sur une branche d'arbre à quelques mètres de là

它坐落在几码外的一根树枝上

Le chat ne sourit que lorsqu'il la vit

猫看到她时只是咧嘴一笑

« Chat du Cheshire », commença Alice un peu timidement

"柴郡猫，" 爱丽丝颇为怯怯地开始说

« Pourriez-vous s'il vous plaît me dire dans quelle direction je dois aller à partir d'ici ? »

"你能告诉我，我从这里应该走哪条路吗？"

« Dans cette direction », dit le chat

"在那个方向，" 猫说

et il agita la patte droite

它挥舞着右爪

« C'est dans cette direction que vit un fabricant de chapeaux »

"在那个方向上住着一个帽子制造商"

puis le chat agita son autre patte

然后猫挥动了它的另一只爪子

« Et dans cette direction vit un lièvre de marche »

"在那个方向住着一只三月兔"

« Visitez l'un ou l'autre de vos goûts ; Ils sont tous les deux fous"

"你想去哪儿就去哪儿;他们都疯了"

— Mais je ne veux pas aller parmi des fous, remarqua Alice

"但我不想和疯子混在一起，" 爱丽丝说

« Oh, tu ne peux pas t'en empêcher, » dit le Chat

"哦，你没办法，" 猫说

« Nous sommes tous fous ici »

"我们在这里都生气了"

« Tu joues au croquet avec la reine aujourd'hui ? »

"你今天和女王一起打槌球吗？"

— J'aimerais beaucoup, dit Alice

"我非常想，" 爱丽丝说

« mais je n'ai pas encore été invité »

"但我还没有被邀请"

« Tu me verras là-bas », dit le Chat

"你会在那儿看到我的，" 猫说

et d'un instant à l'autre le chat disparaissait

从这一刻到下一刻，那只猫消失了

bientôt Alice arriva en vue de la maison du lièvre de marche

不久，爱丽丝就看到了三月兔的房子

C'était une très grande maison

这是一座非常大的房子

alors Alice ne voulait pas s'approcher de la maison

所以爱丽丝不想靠近房子

D'abord, elle a dû grignoter un peu plus du morceau de champignon du côté gauche

首先，她得再啃一些左边的蘑菇

Un thé fou
疯狂的茶话会

Devant la maison, il y avait un arbre
房子前面有一棵树

et sous l'arbre, il y avait une table
树下有一张桌子

et la table était dressée avec toutes sortes de couverts
桌子上摆满了各种各样的餐具

Le lièvre de mars et le chapelier étaient à table
三月兔和制帽者在桌旁

et ensemble ils prenaient le thé
他们一起喝茶

Un loir était assis entre eux
一只睡鼠坐在他们之间

et le loir dormait profondément
睡鼠睡着了

La table était d'une taille extraordinaire
桌子非常大

mais la majeure partie de la table était inoccupée
但桌子的大部分都没人坐

Ils étaient assis serrés les uns contre les autres dans un coin de la table
他们挤在一起坐在桌子的一角

et pourtant ils s'excusaient quand ils voyaient Alice
然而，当他们看到爱丽丝时，他们找了个借口

« Pas de place ! Pas de place ! » crièrent-ils
“没有房间！没有空间！

« Il y a beaucoup de place ! » dit Alice avec indignation
“空间很大！”

À l'une des extrémités de la table, il y avait un grand fauteuil
桌子的一端有一把大扶手椅

et Alice s'assit dans le fauteuil
爱丽丝自己坐在扶手椅上

Le chapelier ouvrit de grands yeux
制帽人睁大了眼睛
Il n'arrivait pas à croire ce qu'il voyait
他简直不敢相信自己所看到的
Mais son esprit était curieux d'autres choses
但他的头脑对其他事情感到好奇
« Pourquoi un corbeau est-il comme un bureau ? »
"为什么乌鸦就像写字台？"
Alice était prête à relever le défi
爱丽丝对挑战持开放态度
« Je suis content qu'ils aient commencé à poser des
énigmes »
"我很高兴他们开始问谜语"
— Je crois que je peux le deviner, ajouta-t-elle à haute voix
"我相信我能猜到，" 她大声补充道
Le lièvre de mars s'est curieux de connaître Alice
三月兔对爱丽丝越来越好奇
« Pensez-vous vraiment que vous pouvez trouver la réponse
? »
"你真的觉得你能找到答案吗？"
— Je crois que je peux trouver la réponse, en effet, dit Alice
"我想我确实能找到答案，" 爱丽丝说
« Alors, tu devrais dire ce que tu veux dire », continua le
lièvre de marche
"那你就说出你的意思吧，" 马奇兔继续说
— Je dis ce que je pense, répondit vivement Alice
"我说的是我的意思，" 爱丽丝急忙回答
« à tout le moins, je pense ce que je dis »
"至少我说的是真的"
« C'est la même chose, vous savez »
"那是一回事，你知道的"
Le loir a également contribué à la conversation
睡鼠也为这次对话做出了贡献
mais le loir semblait parler dans son sommeil

但睡鼠似乎在睡梦中说话

« Je respire quand je dors »

"我睡觉时会呼吸"

« Je dors quand je respire ! »

"我呼吸时睡觉！"

« Autant dire qu'ils sont les mêmes aussi »

"你还不如说他们也是一样的。"

« C'est la même chose pour toi », dit le chapelier

"你也是一样的，" 帽子制造商说

Et il versa un peu de thé sur le nez du loir

他把一点茶倒在睡鼠的鼻子上

Le Loir secoua la tête avec impatience

睡鼠不耐烦地摇摇头

et le loir parla de nouveau, sans ouvrir les yeux

睡鼠又开口了，眼睛没有睁开

« Bien sûr, bien sûr que c'est la même chose »

"当然，当然是一样的"

« C'est juste ce que j'allais dire moi-même »

"这就是我自己要说的"

Le chapelier se tourna vers Alice et lui posa une autre question

帽子制造商转向爱丽丝，问了另一个问题

« As-tu déjà deviné l'énigme ? »

"你猜到谜语了吗？"

« Non, j'abandonne », a concédé Alice

"不，我放弃了，"爱丽丝承认

« Quelle est la réponse ? » voulait-elle savoir

"答案是什么？" 她想知道

— Je n'en ai pas la moindre idée, dit le chapelier

"我一点也不知道，"帽子制造商说

« Moi non plus, » dit le lièvre de marche

"我也不知道，"行军兔说

Alice poussa un soupir de lassitude

爱丽丝疲惫地叹了口气

« Il y a de meilleures utilisations du temps que des énigmes sans réponses »

"比没有答案的谜语更能利用时间"

« Prends encore du thé », dit le lièvre de marche à Alice, très sérieusement

"再喝点茶吧，" 三月兔非常认真地对爱丽丝说

Alice était assez offensée par l'offre

爱丽丝对这个提议感到非常不满

— Je n'ai pas encore pris de thé, répondit Alice

"我还没喝茶呢，"爱丽丝回答

« donc je ne peux plus prendre de thé »

"所以我不能再喝茶了"

— Vous voulez dire que vous ne pouvez pas prendre moins de thé, dit le chapelier

"你的意思是你不能少喝茶，"帽子制造商说

« C'est très facile de prendre plus que rien »

"多拿比拿不拿容易"

À ces mots, Alice se leva et s'en alla

"听到这话，爱丽丝起身走了

Le loir s'endormit instantanément

睡鼠瞬间睡着了
et ni l'un ni l'autre ne firent la moindre attention à son départ
其他人都没有注意到她的离开
bien qu'elle ait regardé en arrière une ou deux fois
虽然她回头看了一两次
Ils essayaient de mettre le loir dans la théière
他们想把睡鼠放进茶壶里
« En tout cas, je n'y retournerai plus ! » dit Alice
"无论如何，我再也不会去那里了！"
et elle se fraya un chemin à travers les bois
她穿过树林
« c'était le thé le plus stupide auquel j'aie jamais assisté »
"那是我参加过的最愚蠢的茶话会"
Juste au moment où elle disait cela, elle remarqua quelque chose
就在她说这句话的时候，她注意到了什么
L'un des arbres avait une porte qui y menait directement
其中一棵树有一扇门直接通向它
« C'est très intéressant ! » a-t-elle pensé
"那真有趣！"
« Je pense que je peux aussi bien passer la porte »
"我想我还是进门吧"
Et elle passa par la porte
她穿过门走了
Une fois de plus, elle se retrouva dans le long couloir
她又一次发现自己在长长的大厅里
de nouveau, elle était près de la petite table de verre
她又一次靠近了那张小玻璃桌
Elle prit la petite clé d'or
她拿走了那把小金钥匙
et elle ouvrit la porte qui donnait sur le jardin
她打开了通往花园的门
Puis elle s'est mise au travail pour grignoter le champignon

然后她开始啃蘑菇
Elle avait gardé un morceau du champignon dans sa poche
她把一块蘑菇放在口袋里
Et finalement, elle mesurait environ un mètre
最后，她大约有一米高
Puis elle descendit le petit couloir
然后她沿着小走廊走去
Et puis elle s'est finalement retrouvée dans le magnifique jardin
然后她终于发现自己来到了美丽的花园里
et elle était parmi les fleurs brillantes et les fontaines fraîches
她在鲜艳的花朵和凉爽的喷泉之间

Le terrain de croquet de la reine
女王的槌球场

Un grand rosier se dressait près de l'entrée du jardin
一棵大玫瑰树矗立在花园的入口附近
Les roses qui poussaient sur l'arbre étaient blanches
树上生长的玫瑰是白色的
Mais il y avait trois jardiniers qui peignaient la rose
但是有三个园丁在画玫瑰
Ils étaient occupés à peindre les roses en rouge
他们正忙着把玫瑰涂成红色
et Alice les regardait peindre les roses en rouge
爱丽丝看着他们把玫瑰涂成红色
et soudain leurs yeux tombèrent par hasard sur Alice
突然间，他们的目光偶然落在爱丽丝身上
Alice parlait un peu timidement
爱丽丝有点怯怯地说道
« Pourriez-vous me le dire, s'il vous plaît ? »
“请你告诉我吗；”
« Pourquoi peignez-vous tous ces roses ? »
“你们为什么要画那些玫瑰？”
cinq et sept ne dirent rien, mais regardèrent deux
五和七什么也没说，只是看着二
deux d'entre eux parlèrent à voix basse
两个人低声说话
— Eh bien, le fait est, voyez-vous, madame.
“哎呀，事实是，你看，夫人”
« Celui-ci aurait dû être un rosier rouge »
“这儿应该是一棵红玫瑰树”
« Et nous avons mis un rosier blanc par erreur »
“我们误把一棵白玫瑰树放进去了”
« Comme vous en conviendrez, la reine ne doit pas le
découvrir »
“正如你所同意的，女王一定不会发现的”

« Sinon, nous aurions tous la tête tranchée »

"否则我们都会被砍掉头"

« Alors vous voyez, madame, nous faisons de notre mieux »

"所以你看，女士，我们正在尽力而为。"

La cinquième carte avait regardé anxieusement à travers le jardin

五号卡一直焦急地望着花园的另一边

À ce moment, la cinquième carte cria : « La dame ! La reine !

就在这时，五号牌喊道："皇后！女王！

Et les trois jardiniers s'enfuirent aussitôt

三个园丁立刻匆匆走开了

et ils se jetèrent à plat ventre

他们就倒在地上

Il y eut un bruit de nombreux pas

传来许多脚步声

Alice regarda autour d'elle, impatiente de voir la reine

爱丽丝环顾四周，渴望见到女王

Au début de la procession se trouvaient dix soldats

游行队伍开始时有 10 名士兵

leurs mains et leurs pieds étaient dans les coins

他们的手和脚都在角落里

et dans leurs mains et leurs pieds étaient des massues

他们的手和脚上都有棍棒

Venaient ensuite les dix courtisans

接下来是十个朝臣

Les courtisans étaient partout ornés de diamants

朝臣们全身都装饰着钻石

Après les courtisans sont venus les enfants royaux

在朝臣之后是皇室子女

Il y avait dix enfants royaux

有十个皇室孩子

et tous les enfants royaux étaient ornés de cœurs

所有的皇室孩子都装饰着心形

Venaient ensuite les invités ; principalement des rois et des

reines
接下来是客人；主要是国王和王后
et parmi les rois et la reine, Alice vit quelqu'un
在国王和王后中，爱丽丝看到了一个人
Elle revit le lapin blanc qu'elle avait chassé
她又看到了她追赶的那只白兔
Le cortège était suivi par le valet de cœur
游行队伍后面是红心之刃
Il portait la couronne du roi
他背着国王的王冠
et la couronne du roi était sur un coussin de velours cramoisi
国王的王冠放在深红色的天鹅绒垫子上
Et puis vint la fin de ce grand cortège
然后，这个盛大的游行结束了
Et là, à la fin, il y avait le Roi et la Reine de Cœur
最后是红心 K 和 Queen
le cortège arriva en face d'Alice
队伍来到爱丽丝的对面
et ils s'arrêtèrent tous et la regardèrent
他们都停下来看着她
et la reine dit sévèrement : « Qui est-ce ? »
王后严厉地问："这是谁？
Elle l'a dit au Valet de Cœur
她对红心之刃说
Mais il s'est contenté de s'incliner et de sourire en réponse
但他只是鞠躬微笑作为回应
Alice parla très poliment
爱丽丝非常有礼貌地说
« Je m'appelle Alice, alors faites plaisir à Votre Majesté »
"我叫爱丽丝，所以请陛下"
Mais elle avait d'autres pensées pour elle-même
但她心里却有别的想法
« Ce n'est qu'un jeu de cartes, après tout ! »
"毕竟，它们只是一包纸牌！"

« Savez-vous jouer au croquet ? » cria la reine
“你会打槌球吗？”

La question était évidemment destinée à Alice
这个问题显然是针对爱丽丝的

— Oui ! dit Alice d'une voix forte
“是的！”

« Venez jouer alors ! » rugit la reine
“那你来玩吧！”

une voix timide s'adressa à Alice
一个胆怯的声音对爱丽丝说

« C'est une très belle journée ! »
“今天真是个晴朗的一天！”

Elle se promenait près du lapin blanc
她从那只白兔身边走过

et le Lapin Blanc jetait un coup d'œil anxieux sur son visage
白兔焦急地偷看她的脸

« Une très belle journée, en effet, confirma Alice
“真是个晴朗的一天，” 爱丽丝肯定道

« Où est la duchesse ? »
“公爵夫人在哪儿？”

« Chut ! Chut ! dit le Lapin
“嘘！嘘！

« Elle est sous le coup d'une sentence d'exécution »
“她被判处死刑”

« Pourquoi est-elle exécutée ? » demanda Alice
“她被处决是为了什么？”

« Elle a éraflé les oreilles de la reine », commença le lapin
“她擦伤了女王的耳朵，” 兔子开始说

cria la reine d'une voix de tonnerre
女王用雷霆般的声音喊道

« Retournez à vos endroits ! »
“到你们的地方去！”

et les gens se mirent à courir dans toutes les directions
人们开始向四面八方跑来跑去

et ils tombèrent tous les uns contre les autres
他们都互相撞了起来
Cependant, ils se sont calmés en une minute ou deux
然而，他们在一两分钟内就安定下来了
Et puis le jeu a commencé
然后游戏开始了
Alice n'avait jamais vu un terrain de croquet aussi curieux
爱丽丝从未见过如此奇特的槌球场
L'herbe n'était que crêtes et sillons
草地上全是山脊和沟壑
Les boules de croquet étaient de vrais hérissons
槌球是真正的刺猬
Et les maillets étaient de vrais flamants roses
木槌是真正的火烈鸟
et les soldats se tinrent sur leurs mains et leurs pieds
士兵们用手和脚站着
Parce que les arches ont été faites à partir de leurs corps
因为拱门是由他们的身体制成的
Les joueurs ont tous joué en même temps
玩家同时玩
Personne n'attendait son tour
没有人等待轮到他们
et tout le monde se querellait avec tout le monde
大家都和大家争吵起来
et tous se battaient pour les hérissons
所有人都在为刺猬而战
Bientôt, la reine fut dans une colère furieuse
很快，王后就陷入了愤怒的激情中
et elle s'est mise à piétiner et à crier
她开始跺脚大喊大叫
« Coupez-lui la tête ! »
"砍掉他的头！"
« Coupez-lui la tête ! »
"砍掉她的头！"

« Coupez-leur la tête ! »
"把他们的头都砍下来！"
De nouveau, Alice pensa en elle-même
爱丽丝又心想
« Ils sont affreusement friands de décapiter les gens ici »
"他们非常喜欢在这里斩首"
« Ce qui est très étonnant, c'est qu'il reste quelqu'un en vie ! »
"最神奇的是，竟然还有人还活着！"
Elle cherchait un moyen de s'échapper
她正在寻找某种逃生的办法
Elle remarqua une curieuse apparition dans l'air
她注意到空气中出现了一个奇怪的景象
« C'est le chat du Cheshire », se dit-elle
"是柴郡猫，" 她自言自语道
« maintenant j'aurai quelqu'un à qui parler »
"现在我得找个人谈谈了"
« Comment vas-tu ? » dit le chat
"你过得怎么样？"
« Je ne pense pas qu'ils jouent du tout équitablement », a déclaré Alice
"我认为他们玩得一点也不公平，" 爱丽丝说
et elle avait un ton plutôt plaintif
她的语气颇为抱怨
« Ils se querellent tous si affreusement »
"他们都吵得那么可怕"
« On ne s'entend pas parler »
"一个人听不到自己说话"
« Et ils ne semblent pas jouer selon des règles »
"而且他们似乎不按任何规则行事"
le chat a posé une question à Alice à voix basse
猫低声问爱丽丝一个问题
« Comment aimez-vous la reine ? »
"你觉得女王怎么样？"

— Je ne l'aime pas du tout, dit Alice
"我一点都不喜欢她，" 爱丽丝说

Alice pensa qu'elle ferait aussi bien d'y retourner
爱丽丝觉得她还是回去吧
Elle voulait voir comment le match se passait
她想看看游戏进展如何
Elle est partie à la recherche de son hérisson
她出去寻找她的刺猬
Le hérisson était occupé à combattre un autre hérisson
刺猬正忙着与另一只刺猬战斗
C'était une excellente occasion
这是一个绝佳的机会
Elle pouvait croquer un hérisson avec l'autre
她可以用一只刺猬和另一只刺猬槌
Mais son flamant rose était de l'autre côté du jardin
但她的火烈鸟在花园的另一边
Le flamant rose était plutôt maladroit
火烈鸟相当笨拙

Son flamant rose essayait de s'envoler dans un arbre
她的火烈鸟正试图飞到一棵树上
Elle attrapa le flamant rose par la patte
她抓住了火烈鸟的腿
Et elle glissa le flamant rose sous son bras
她把火烈鸟塞到胳膊下
De cette façon, le flamant rose ne pouvait plus s'échapper
这样火烈鸟就无法再次逃脱
Juste à ce moment-là, Alice rencontra la duchesse
就在这时，爱丽丝碰巧遇到了公爵夫人
La duchesse était maintenant sortie de prison
公爵夫人现在已经出狱了
Elle glissa affectueusement son bras sous celui d'Alice
她深情地把胳膊塞进爱丽丝的胳膊下
puis ils sont partis ensemble
然后他们一起走了
Alice était très heureuse de la trouver d'une humeur si agréable
爱丽丝发现她脾气这么好，真是太高兴了
Elle était cependant un peu surprise
然而，她还是有点吃惊
Elle entendit la voix de la duchesse près de son oreille
她听到了公爵夫人的声音，就在她耳边
« Tu penses à quelque chose, ma chérie »
"你在想什么，亲爱的"
« Et ça fait oublier de parler »
"这让你忘了说话"
« Le jeu se passe un peu mieux maintenant », a déclaré Alice
"比赛现在进行得更好了，" 爱丽丝说
C'était une façon de poursuivre la conversation
这是保持对话进行的一种方式
— C'est vrai, dit la duchesse
"确实是这样，" 公爵夫人说
« Et la morale de cela est la suivante : »

"而这其中的寓意是这样的："
« C'est l'amour qui fait tout ! »
"是爱成就了一切！"
« L'amour est ce qui fait tourner le monde »
"爱是世界运转的动力"
Alice avait une autre explication
爱丽丝有另一种解释
« C'est fait par tout le monde qui s'occupe de ses propres affaires ! »
"每个人都管自己的事！"
— Ah ! Vous pourriez avoir raison"
"啊，好吧！你可能是对的"
— Tout cela signifie à peu près la même chose, dit la duchesse
"这都意味着差不多一样的事情，"公爵夫人说
et elle enfonça son petit menton pointu dans l'épaule d'Alice
她把她那尖尖的小下巴挖进爱丽丝的肩膀上
« Et la morale de cela est la suivante »
"它的寓意是这样的"
« Prendre soin du sens »
"照顾好感觉"
« Et puis les sons prendront soin d'eux-mêmes »
"然后声音会自己照顾好"
Mais alors le bras de la duchesse se mit à trembler
但随后公爵夫人的手臂开始颤抖
Alice leva les yeux et la reine se tenait là
爱丽丝抬起头来，女王站在那里
La reine avait les bras croisés
女王双臂交叉
Et elle fronçait les sourcils comme un orage !
她皱着眉头，像暴风雨一样！
« Je vous préviens », cria la reine
"我给你一个公平的警告，"王后喊道
et elle piétina le sol tout en parlant

她一边说着，一边跺着地
« Soit ta tête, soit sa tête doit être coupée »
"要么你的头，要么她的头必须掉下来"
« Faites votre choix ! »
"随你选！"
« Et soyez rapide à ce sujet »
"而且要快点"
La duchesse fait son choix
公爵夫人做出了她的选择
et au bout d'un instant la duchesse avait disparu
不一会儿，公爵夫人就走了
Puis la reine s'adressa à Alice
然后，王后对爱丽丝说话
« Continuons le jeu »
"让我们继续游戏"
Alice était trop effrayée pour dire un mot
爱丽丝吓得一句话也说不出来
et elle la suivit lentement jusqu'au terrain de croquet
她慢慢地跟着她回到了槌球场
Pendant tout ce temps, la reine s'est querellée avec les autres joueurs
皇后一直与其他玩家争吵
« Coupez-lui la tête ! »
"砍掉他的头！"
« Coupez-lui la tête ! »
"砍掉她的头！"
« Coupez-leur la tête ! »
"把他们的头都砍下来！"
Bientôt, tous les joueurs ont été en garde à vue
很快，所有球员都被拘留了
il ne restait que le roi, la reine et Alice
只剩下国王、王后和爱丽丝
Puis la reine s'en alla, tout à fait essoufflée
然后女王气喘吁吁地走了

et elle s'en alla avec Alice
她和爱丽丝一起走了
Alice entendit le roi dire quelque chose
爱丽丝听到国王悄悄地说了些什么
« Vous êtes tous pardonnés »
"你们都被赦免了"
Mais soudain, un autre cri se fit entendre
但突然又听到了一声哭声
« Le procès commence ! »
"审判开始了！"
et Alice courut avec les autres
爱丽丝和其他人一起跑

Qui a volé les tartes ?

谁偷了蛋挞？

Le roi et la reine de cœur étaient assis

红心国王和红心皇后就座

ils étaient sur leur trône quand Alice arriva

当爱丽丝到来时，他们正在他们的宝座上

Il y avait une grande foule rassemblée autour d'eux

他们周围聚集了一大群人

Il y avait toutes sortes de petits oiseaux et de bêtes

有各种各样的小鸟和野兽

Et il y avait tout le paquet de cartes

还有整包牌

Le coquin se tenait devant eux, enchaîné

那把刀站在他们面前，戴着锁链

et il y avait un soldat de chaque côté pour le garder

两边各有个士兵看守他

près du roi était le lapin blanc

国王身边有一只白兔

Il avait une trompette dans une main

他一只手拿着小号

et il avait un rouleau de parchemin dans l'autre main

他的另一只手里拿着一卷羊皮纸

Au milieu de la cour se trouvait une table

庭院的正中央有一张桌子

Sur la table, il y avait un grand plat de tartes

桌上放着一大盘蛋挞

« J'aimerais qu'ils fassent le procès », pensa Alice

"我希望他们能完成审判，"爱丽丝想

« Alors nous pourrions manger quelques-uns de ces rafraîchissements ! »

"那我们就可以吃点东西了！"

Le juge, soit dit en passant, était le roi

顺便说一句，法官是国王

et il portait sa couronne sur sa grande perruque

他把皇冠戴在他的大假发上

« C'est le banc des jurés, pensa Alice

"那是陪审团席，" 爱丽丝想

« Et ces douze créatures, je suppose qu'elles sont les jurés »

"还有那十二个生物，我想他们就是陪审员。"

certains étaient des animaux, et d'autres étaient des oiseaux

有些是动物，有些是鸟

Juste à ce moment-là, le lapin blanc a crié

就在这时，白兔叫了起来

« Silence dans la cour ! »

"法庭上安静！"

« Héraut, lisez l'accusation ! » dit le roi

"传令官，读读控告书！"

Le lapin blanc souffla trois coups de trompette

白兔吹响了小号三声

Puis il déroula le parchemin

然后他展开了羊皮纸卷轴

Et il a lu ce qui suit :

他读到如下：

« La reine de cœur, elle a fait des tartes, »

“红桃皇后，她做了一些馅饼，”

« Tout cela, elle l'a fait un jour d'été »

“这一切都是她在一个夏日做的”

« Le valet de cœur, il a volé ces tartes »

“红心之士，他偷走了那些蛋挞”

« Et il a emporté ces tartes loin ! »

“他把那些蛋挞带到了很远的地方！”

« Appelez le premier témoin », dit le roi

“传唤第一个证人，”国王说

et le lapin blanc souffla trois coups de trompette

白兔吹响了号角

« Amenez le premier témoin ! » cria-t-il

“带来第一个证人！”

Le premier témoin était le chapelier

第一个证人是帽子制造商

Il entra avec une tasse de thé dans une main

他一手拿着茶杯进来

et il avait un morceau de pain et de beurre dans l'autre main

他的另一只手里拿着一块面包和黄油

« Tu aurais dû finir », dit le roi

“你应该说完的，”国王说

« Quand avez-vous commencé ? »

“你什么时候开始的？”

Le chapelier regarda le lièvre de marche

帽子匠看着那只三月兔

Le lièvre de marche l'avait suivi dans la cour

三月兔跟着他进了院子

Il avait marché bras dessus bras dessous avec le loir

他和睡鼠手挽手走过

« Le quatorzième mars, je crois, dit-il

"我想是 3 月 14 日，" 他说

« Rendez votre témoignage », dit le roi
"拿出你的证据，" 国王说

« Et ne sois pas nerveux, ou je te ferai exécuter sur-le-champ »
"别紧张，不然我会当场处决你。"

Cela n'a pas semblé encourager du tout le témoin
这似乎一点也不鼓励证人

Il n'arrêtait pas de se déplacer d'un pied sur l'autre
他不停地从一只脚移动到另一只脚

et il regarda la reine avec inquiétude
他不安地望着王后

et, dans sa confusion, il mordit un gros morceau de sa tasse de thé
他困惑地从茶杯里咬了一大块

En réalité, il voulait croquer dans son pain et son beurre
他真的是想咬他的面包和黄油

Juste à ce moment, Alice éprouva une sensation très curieuse
就在这时，爱丽丝感到一种非常奇怪的感觉

Elle commençait à grossir à nouveau
她又开始长大了

Le misérable chapelier laissa tomber sa tasse de thé
可怜的制帽匠掉下了他的茶杯

et le pain et le beurre tombèrent à terre
面包和黄油掉在地上

et il mit un genou à terre
他单膝跪地

« Je suis un pauvre homme, Votre Majesté », a-t-il commencé
"我是个穷人，陛下，" 他开始说

« Vous êtes un bien mauvais orateur, » dit le roi
"你是个很差的演讲者，" 国王说

« Tu peux y aller, » dit le roi
"你可以走了，" 国王说

et le chapelier quitta précipitamment la cour

帽子制造商匆匆离开了庭院

« Appelez le témoin suivant ! » dit le roi
"传唤下一个证人！"

Le témoin suivant fut le cuisinier de la duchesse
下一位证人是公爵夫人的厨师

Elle portait la poivrière à la main
她手里拿着胡椒盒

et les gens près de la porte se mirent à éternuer tout à coup
门口附近的人一下子都打了个喷嚏

« Rendez votre témoignage », dit le roi
"拿出你的证据，"国王说

— Je ne donnerai aucun témoignage, dit le cuisinier
"我不拿任何证据，"厨师说

Le roi regarda anxieusement le lapin blanc
国王焦急地看着那只白兔

Et le lapin blanc parlait d'une voix douce
白兔小声说道

« Votre Majesté doit contre-interroger ce témoin »
"陛下必须盘问这位证人"

« Eh bien, s'il le faut, il le faut, » dit le roi
"嗯，如果我必须的话，我必须，"国王说

« De quoi sont faites les tartes ? »
"蛋挞是用什么做的？"

« Les tartes sont faites de poivre, principalement », a déclaré
le cuisinier
"蛋挞大部分是用胡椒做的，"厨师说

Pendant quelques minutes, toute la cour fut dans la
confusion
有几分钟，整个法庭都陷入了混乱

Finalement, ils se sont tous calmés
最终，他们都再次安定下来

Mais à ce moment-là, le cuisinier avait disparu
但那时厨师已经消失了

« N'importe ! » dit le roi

"没关系！"

« Appel à la barre du prochain témoin »

"传唤下一位证人出庭"

Alice regarda le lapin blanc qui tâtonnait sur la liste

爱丽丝看着那只白兔摸索着名单

Vous pouvez imaginer sa surprise à ce qu'elle a entendu ensuite

你可以想象她接下来听到的声音会感到惊讶

à tue-tête de sa petite voix aiguë, il appela le nom « Alice ! »

他用尖锐的小嗓门叫着这个名字 "爱丽丝！"

Le témoignage d'Alice
Alice 的证据

« Ici ! » s'écria Alice

"在这里！"

Elle se leva d'un bond en toute hâte

她急忙跳了起来

et elle renversa le banc des jurés

她翻倒了陪审团席

et elle renversa tous les jurés

她打翻了所有的陪审团成员

et ils tombèrent sur la tête de la foule en bas

他们就倒在了下面人群的头上

Alice était dans un grand désarroi

爱丽丝非常沮丧

« Oh ! je vous demande pardon ! » s'écria-t-elle

"哦，我求你原谅！"

« Le procès ne peut pas avoir lieu », dit le roi

"审判不能继续，" 国王说

« Les jurés doivent retourner à leur place »

"陪审员必须回到他们应该的位置上"

Il répéta l'ordre avec beaucoup d'emphase

他非常强调地重复了这个命令

et il regarda Alice d'un air sévère

他严肃地看着爱丽丝

« Que savez-vous de ces événements ? » demanda le roi à Alice

"你对这些事件了解多少？"

— Je ne sais rien à ce sujet, dit Alice

"我对这个问题一无所知，" 爱丽丝说

Le roi lut ensuite un extrait de son livre

然后国王从他的书中读出来

« Règle quarante-deux »

"规则 42"

« Toutes les personnes de plus d'un kilomètre de haut

doivent quitter le tribunal »
"所有身高超过一英里的人都要离开法院"
« Je ne suis pas à un mille de haut, » dit Alice
"我没有一英里高，" 爱丽丝说
« Près de deux milles de haut », dit la reine
"差不多有两英里高，" 王后说

— Eh bien, je refuse d'y aller, dit Alice
"嗯，我不肯走，" 爱丽丝说
Le roi pâlit
国王脸色苍白
et il ferma précipitamment son carnet
他匆匆关上了他的笔记本
« Considérez votre verdict », a-t-il dit au jury
"考虑一下你的裁决，" 他对陪审团说
Il parlait d'une voix basse et tremblante
他用低沉、颤抖的声音说
Puis le lapin blanc prit la parole

然后白兔开口了
« Il y a encore plus de preuves à venir »
"还有更多证据"
et il se leva d'un bond en toute hâte
他急忙跳了起来
« Ce papier vient d'être retiré »
"这篇论文刚刚被捡起来"
« On dirait que c'est une lettre écrite par le prisonnier »
"这似乎是囚犯写的一封信"
Il déplia le papier tout en parlant
他一边说一边展开那张纸
« Ce n'est pas une lettre, après tout »
"毕竟，这不是一封信"
« Ce que c'était, c'était un ensemble de versets »
"那是一组经文"
« S'il vous plaît, Votre Majesté », dit le coquin
"拜托了，陛下，" 小刀说
« Je n'ai pas écrit ces vers »
"那些诗句不是我写的"
« et ils ne peuvent pas prouver que j'ai écrit quoi que ce soit »
"他们无法证明我写了什么"
« Il n'y a pas de nom signé à la fin »
"最后没有签名"
Le roi parla au fripon
国王对 Knave 说话
« Vous avez dû vouloir causer des méfaits »
"你一定是故意捣蛋的"
« Sinon, tu aurais signé ton nom comme un honnête homme »
"要不然你早就像个老实人一样签上你的名字了"
Il y eut un claquement général de mains
大家都拍手叫好
Et le roi se tourna vers le lapin blanc

国王转向白兔

« Lisez les vers », ordonna-t-il

"读这些经文，"他命令道

Il y eut un silence de mort dans la cour

法庭上一片死寂

et le lapin blanc lut les versets

白兔读出诗句

Ils m'ont dit que vous étiez allé chez elle

他们告诉我你去过她

Et ils lui parlèrent de moi

他们向他提到了我

Elle m'a donné un bon caractère

她给了我一个好品格

Mais elle a dit que je ne savais pas nager

但她说我不会游泳

Il leur a fait savoir que je n'étais pas parti

他给他们发了我没有去的消息

Nous savons que c'est vrai

我们知道这是真的

Si elle poussait l'affaire, que deviendriez-vous ?

如果她把这件事推下去，你会怎么样？

Je lui en ai donné un, ils lui en ont donné deux

我给她一个，他们给他两个

Vous nous en avez donné trois ou plus

您给了我们三个或更多

Ils sont tous revenus de sa part vers vous

他们都从他那里回到你身边

bien qu'ils aient été les miens avant

虽然他们以前是我的

Si j'avais la chance d'être

如果我或她有机会

Si j'étais impliqué dans cette affaire

如果我或她参与了这件事

Il compte en vous pour les libérer

他相信你能释放他们
Exactement comme nous étions
和我们一模一样
Mon idée, c'est que vous aviez été
我的想法是你一直
Avant qu'elle n'ait cette crise
在她有这个
Un obstacle qui s'est dressé entre
介于两者之间的障碍
Lui, et nous-mêmes, et cela
他，还有我们自己，还有它
Ne lui faites pas savoir qu'elle les aimait mieux
不要让他知道她最喜欢他们
Car cela doit être à jamais un secret, caché à tous les autres
因为这必须永远是一个秘密，不让其他人知道
Ce secret doit rester un secret entre vous et moi
这个秘密必须是你我之间的秘密
Le roi était très impressionné
国王印象深刻
« C'est la preuve la plus importante que nous ayons
entendue jusqu'à présent »
“这是我们听到的最重要的证据”
— Je ne crois pas que ces vers aient un atome de sens,
objecta Alice
“我不相信那些诗句有一点意义，”爱丽丝反对道
le roi avait sa propre opinion sur la question
国王对此事有自己的看法
« S'il n'y a pas de sens dans ces mots, cela sauve un monde
de problèmes »
“如果这些词没有意义，那就省去了一堆麻烦”
« Alors nous n'avons pas besoin d'essayer de trouver le
sens »
“那我们就不需要试着去找意思了”
« Laissons le jury délibérer sur son verdict »

"让陪审团考虑他们的裁决"
« Non, non ! » dit la reine
"不，不！"
« La condamnation d'abord, le verdict ensuite »
"先判刑 后判刑"
« Des bêtises et des bêtises ! » dit Alice à haute voix
"胡说八道！" 爱丽丝大声说
« Comme il est stupide de condamner l'accusé en premier ! »
"先判刑被告是多么愚蠢啊！"

« Tais-toi ! » dit la reine en devenant violette
"住嘴！"
« Je ne me tairai pas ! » dit Alice
"我不会闭口不言的！"
cria la reine à tue-tête
女王大声喊道
« Coupez-lui la tête ! »
"砍掉她的头！"

Personne n'a fait un mouvement
没有人动静

« Qui se soucie de ce que vous dites ? » dit Alice
"谁在乎你说什么呢？"

Elle avait atteint sa taille maximale à ce moment-là
这时她已经长到全能的体型

« Tu n'es rien d'autre qu'un jeu de cartes ! »
"你不过是一堆纸牌！"

À ces mots, toutes les cartes se levèrent dans les airs
这时，所有的牌都升起了

et toutes les cartes s'abattaient sur elle
所有的牌都飞来飞去

Elle poussa un petit cri
她发出了一声小小的尖叫

Elle était à moitié effrayée, mais aussi en colère
她半怕半生

Et elle a essayé de se battre contre les cartes
她试图从自己身上挣扎

puis elle se retrouva allongée sur le talus d'herbe
然后她发现自己躺在草地上

Sa tête était sur les genoux de sa sœur
她的头靠在她姐姐的腿上

Des feuilles mortes s'étaient posées sur son visage
一些枯叶落在她的脸上

et sa sœur balayait doucement les feuilles
她的姐姐轻轻地把树叶拂去

« Réveille-toi, ma chère Alice ! » dit sa sœur
"醒醒吧，亲爱的爱丽丝！"

« Quel long sommeil tu as eu ! »
"你睡得真长啊！"

« Oh, j'ai fait un rêve si curieux ! » dit Alice
"噢，我做了个这么奇怪的梦！"

Et elle raconta à sa sœur tout ce qu'elle pouvait se rappeler
她把她能记得的一切都告诉了她的姐姐

toutes les étranges aventures que vous venez de lire
您刚刚阅读的所有奇怪的冒险
Alice se leva et s'enfuit en courant
爱丽丝起身跑开了
et elle pensait, tout en courant, à son rêve
她一边跑一边想着她的梦想
« Quel rêve merveilleux cela avait été ! »
"这真是个美妙的梦！"